◉ハンドブック◉

花と植物の俳句歳時記

石田郷子【監修】
「ハンドブック　花と植物の俳句歳時記」編集委員会【編】

山川出版社

はじめに

『ハンドブック　花と植物の俳句歳時記』は、一般の「俳句歳時記」から、「植物」に関連した項目のみを一冊にまとめた「植物の俳句歳時記」です。

主な歳時記は「時候」「天文」「地理」「行事」「生活」「動物」「植物」などに分類されていますが、その中で、もっとも項目が多いのが「植物」です。

そういえば、私たちが、日常において、ちょっと立ち止まって目を休ませるのは、壺に生けた切り花や、鉢植えの観葉植物、窓から見える木々の姿――ということが多いのではないでしょうか。

植物はいつも身近にあって、私たちの生活にうるおいを与えてくれるものなのでしょう。その植物の多くが俳句の季語になっていることを知ると、そこに別世界への扉が開くような、みずみずしさを覚えます。また、俳句は日常の中で生まれてくる詩であり、どこでも、誰にでも創作の楽しみを与えてくれる文芸です。

本書は、そんな俳句への扉を開いた方のために作られた、「実作のための歳時記」であり、気軽に持ち歩けるハンディさに加え、この一冊で、季語になっているほぼすべての植物名、傍題、例句、植物の種類、花期・果期がわかるという利便性の高いものです。

季語における「傍題」とは、別称や言い換えなどのバリエーションのことで、短い定型詩である俳句の創作には欠かせませんが、これについては、実作の上で必要と思われるものを厳選しました。

また、「例句」はすでに評価の定まっているものを中心に選ばれていますが、有名句であっても、文法上の誤りがあるものや、季重なり（一句に季語を複数使うこと）のははなはだしいものは避けるように心がけました。

ぜひ、この一冊を鞄やポケットに入れて、野へ山へ、そして街へ出かけてみてください。いいえ、なにも特別なところに出かけなくてもいいのです。日々、身を置いている環境の中でこそ、季語を見つけてほしいと願っています。

令和二年十月一日

石田郷子

本書について

❖本書では、植物（菌類含む）の見出し季語（主季語）約五百五十、傍題約千百を監修者が厳選し、収録しています。

❖見出し季語には原則として季節区分、植物の分類、花期または果期、傍題、例句、その植物の特色や俳句に使う際のポイントについての解説をつけています。

❖見出し季語の読み方は現代仮名づかいとし、歴史的仮名づかいはカッコ内に表記しています。傍題の読み方も原則として現代仮名づかいにしています。

❖例句は評価の定まっているものを中心に、文法上の誤りや季重なりのないものを選びました。

❖監修者による、俳句作りに役立つコラム「実作ワンポイント」を随所に挿入しました。

❖巻末のさくいんは、本書の見出し季語と傍題をすべて収録しています。

❖季節一覧表

季節		月（太陽暦）	旧暦
春（三春）	初春	二月	睦月
	仲春	三月	如月
	晩春	四月	弥生
夏（三夏）	初夏	五月	卯月
	仲夏	六月	皐月
	晩夏	七月	水無月
秋（三秋）	初秋	八月	文月
	仲秋	九月	葉月
	晩秋	十月	長月
冬（三冬）	初冬	十一月	神無月
	仲冬	十二月（暮）	霜月
	晩冬	一月	師走

春

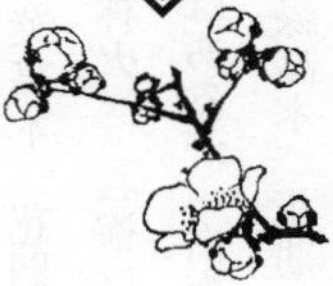

【梅《うめ》】[初春]　バラ科落葉小高木〜高木　花期＝二〜三月　**野梅《やばい》・白梅《はくばい》・枝垂梅《しだれうめ》・盆梅《ぼんばい》・老梅・梅が香《か》・夜の梅・梅林・梅園・梅の里・梅の宿・梅月夜・梅日和・梅二月**　《老梅の穢《きたな》き迄に花多し　高浜虚子》　⌘今は「花」といえば桜を指すが、かつては梅が日本を代表する花だった。「花木の王者」とも呼ばれる。

【紅梅《こうばい》】[初春]　バラ科落葉高木　花期＝二〜三月　**未開紅《みかいこう》・薄紅梅《うすこうばい》**　《母好みし紅梅昏れて忌日暮る　大野林火》　⌘梅はふつう、花の色によって白梅と紅梅とに分けられる。紅梅は、例外はあるが、白梅より花期がやや遅れる。

【椿《つばき》】[三春]　ツバキ科常緑高木　花期＝十〜四月　**山椿・藪椿《やぶつばき》・白椿・紅椿・乙女椿・八重椿・玉椿・つらつら椿・花椿・落椿《おちつばき》**　《赤い椿白い椿と落ちにけり　河東碧梧桐《へきごとう》》　⌘野趣のある藪椿、八重咲や班入りの園芸品種など、椿といっても様々である。花びらが散るのではなく花ごと落ちるのが特徴。

【初桜《はつざくら》】[仲春]　その年の春に初めて咲く桜の花のこと。**初花**　《旅人の鼻まだ寒し初ざく

ら　蕪村》⌘初桜を特に賞美するのは、春を待つ心が深いから。

【初花《はつはな》】仲春　その年の春に初めて咲く桜の花のこと。**初桜**《初花も落葉松《からまつ》の芽もきのふけふ　富安風生》⌘桜では彼岸桜がいちばん早く咲くが、必ずしも品種を限定していう必要はない。

【彼岸桜《ひがんざくら》】仲春　バラ科落葉高木　花期＝三〜四月　**枝垂彼岸《しだれひがん》・江戸彼岸・姥彼岸《うばひがん》**《尼寺や彼岸桜は散りやすき　夏目漱石》⌘春の彼岸の頃（三月十八〜二十四日）に開花するのでこの名に。

【枝垂桜《しだれざくら》】仲春　バラ科落葉高木　花期＝四月　**糸桜《いとざくら》・しだれ桜《ざくら》・紅枝垂《べにしだれ》**《まさをなる空より枝垂桜かな　富安風生》⌘例句の「まさをなる」は「真っ青な」の意。古くから社寺や庭園に植えられている。

【桜《さくら》】晩春　バラ科落葉低木〜高木　花期＝三〜五月　**朝桜・夕桜・夜桜・老桜・里桜・楊《よう》貴妃桜《きひざくら》・薄墨桜**《としよりの顔になりゆく桜の夜　大牧 広》⌘〝桜前線〟は、各地のソメイヨシノの開花をいう。

【花《はな》】 晩春 **花盛り・花明り・花影《かえい》・花時・花過ぎ・花朧《はなおぼろ》・花の雨・花の山・花の昼・花の雲・花便り・花の宿・花月夜・花盗人《はなぬすびと》** 《人体冷えて東北白い花盛り　金子兜太》 ⌘俳句では春の花の代表として桜の花をさしていう。

【山桜《やまざくら》】 初春 バラ科落葉高木　花期＝四月　**吉野桜** 《山又山山桜又山桜　阿波野青畝《あわのせいほ》》《海手より日は照りつけて山ざくら　蕪村》 ⌘「山桜」は山に咲く桜一般をいう名ではなくて、独立した一品種である。

【八重桜《やえざくら》（やへざくら）】 初春 八重咲きの桜の花の総称。花期＝四月下旬〜五月上旬　**里桜・牡丹桜** 《奈良七重七堂伽藍《しちだうがらん》八重桜　芭蕉》 ⌘「八重桜」という名前を持つ特定の植物はない。

【遅桜《おそざくら》】 三春 遅咲きの桜の総称。花期＝五月　《遅桜北指す道の海に添ひ　野澤節子》
⌘花時に遅れて咲く桜の花のこと。ほとんどの花が散ったあとに咲きだす遅咲きの桜に、人はもの珍しさとあわれを感じるのであろう。八重桜や枝垂桜など遅咲きの桜は「遅桜」と言い換えて詠むことができる。

【落《らっ》花《か》（らくくわ）**】** 仲春 桜の花の散りぎわ（落花）のさまを表現したもの。**散る桜・花吹雪・飛《ひ》花《か》・花散る・花屑・花の塵** 《花散りてまた閑《のど》かなり円城寺　鬼貫《おにつら》》

【花筏《はないかだ》】 仲春 水面に散った桜の花びらが連なって流れてゆくさまを筏に見立てた。《ゆるやかに橋潜りをり花筏　石塚友二》 ⌘なお、「花筏」という名前のミズキ科の落葉低木とは別なので要注意。

【残《ざん》花《か》（ざんくわ）**】** 晩春 春も終わりに近づく頃、咲き残っている桜の花のこと。**残る花・名残《なごり》の花・残る桜・残桜《ざんおう》** 《毎日のかなしき日記残る花　山口青邨》 ⌘「遅桜」は花期の遅い桜、「残花」は枝に散り残っている桜。

【桜《さくら》蘂《しべ》降《ふ》る】 仲春 桜の花びらが散ったあと、少ししてから、萼《がく》についている蘂が地面の上にこぼれ落ちること。《桜蘂降る一生が見えて来て　岡本眸《ひとみ》》 ⌘「桜蘂」だけでは季語にならないので注意が必要。《わが薄き肩先を打つ桜蘂　飯島晴子》のように、「降る」と直接言わなくても降っていることがわかるような詠み方も可能である。

【牡丹《ぼたん》の芽《め》】晩春　ボタン科落葉低木　花期＝五月　《誰《た》が触るることも宥《ゆる》さず牡丹の芽　安住敦》⌘牡丹は寒さに強く、他の植物が冬に休眠している間に、根が活動を始めるため、芽吹くのが早い。

【薔薇《ばら》の芽《め》】晩春　バラ科常緑低木　花期＝五～六月、九～十一月　**茨《いばら》の芽・野茨の芽**　《妻のみが働く如し薔薇芽立つ　石田波郷》⌘三月の声を聞くと薔薇の芽は動きだす。

【山茱萸《さんしゅゆ》の花《はな》】初春　ミズキ科落葉高木　花期＝三～四月　**春黄金花《はるこがねばな》**　《山茱萸に明るき言葉こぼし合ふ　鍵和田秞子》⌘秋に珊瑚《さんご》のような美しい実をつけるので秋珊瑚の別名がある。

【黄《おう》梅《ばい》(わうばい)】初春　モクセイ科落葉低木　花期＝二～三月　**迎春花《げいしゅんか》**　《地にちかく咲く黄梅を見さだめし　細田寿郎》⌘黄梅といっても梅の仲間ではない。花の形が梅に似ていて黄色い花を咲かせるので「黄色い梅」に。

【紫荊《はなずおう》（はなずはう）】晩春　マメ科落葉低木　花期＝四月　**花蘇枋《はなずおう》・蘇枋の花・蘇芳**　《いまはむかしのいろの蘇芳の花ざかり　飯田龍太《りゅうた》》　⌘まるで枝全体が一つの花であるかのように、紫紅色の蝶形花が群れて咲く。

【辛夷《こぶし》】仲春　モクレン科落葉高木　花期＝三〜五月　**木筆《こぶし》・花辛夷・幣辛夷《しでこぶし》・姫辛夷・やまあららぎ・田打桜《たうちざくら》**　《雨足りて山田息づく花辛夷　相馬遷子《せんし》》　⌘蕾の形が赤子の拳《こぶし》の形に似ているところから名付けられたとする説が有力。

【花水木《はなみずき》（はなみづき）】晩春　ミズキ科落葉高木　花期＝四〜五月　**アメリカ山法師《やまぼうし》**　《花水木咲き新しき街生まる　小宮和子》　⌘山地・雑木林に自生するミズキとは別種。ミズキより花（実際には苞《ほう》）が目立つのでこの名前に。

【三椏《みつまた》の花《はな》】仲春　ジンチョウゲ科落葉低木　花期＝三〜四月　**結香《むすびき》の花**　《三椏の花はじめから和紙の味　瀧春一》　⌘枝が三つ叉に分かれるところからこの名前に。上質和紙の原料として栽培されてきた。

【沈丁花《じんちょうげ》（ぢんちやうげ）】 仲春 ジンチョウゲ科常緑低木　花期＝二〜三月　**丁字《ちょうじ》・沈丁《じんちょう》・瑞香《ずいこう》** 《沈丁の香をのせて風素直なる　嶋田一歩》 ⌘早春に開花してあたりに馥郁《ふくいく》とした香気を放つ。闇の中で匂うのは印象深い。

【連翹《れんぎょう》（れんげう）】 仲春 モクセイ科落葉低木　花期＝三〜四月　**いたちぐさ・いたちはぜ** 《連翹のまぶしき春のうれひかな　久保田万太郎》 ⌘庭木として栽培されている。枝ごとに鮮やかな黄色い花をいっぱいに咲かせる。

【土佐水木《とさみずき》（とさみづき）】 仲春 マンサク科落葉低木　花期＝三〜四月　**日向水木《ひゅうがみずき》** 《地に降りて山鳩交る土佐水木　堀口星眠《せいみん》》 ⌘名前は「高知県・土佐の水木」の意味。高知県のみに自生するため。

【ミモザ】 初春 マメ科常緑高木　花期＝二〜三月　**銀葉アカシア・花ミモザ** 《ミモザ咲く海風春をうながせば　富安風生》 ⌘ミモザと呼ばれるものには、銀葉《ぎんよう》アカシアとオジギソウとがある。また、私たちがアカシアと呼んでいるものはニセアカシア（ハリエンジュ）で、本物のアカシアは銀葉アカシアである。

【海《かい》棠《どう》（かいだう）】 晩春 バラ科落葉低木～小高木　花期＝四月　**花海棠・睡花《ねむりばな》・眠れる花・垂糸《はな》海棠《かいどう》**《海棠の雨に愁眉をひらきたる　行方克巳》⌘古来、雨に濡れたさまが女性の艶姿《えんし》にたとえられた、紅色の美しい花。

【ライラック】 晩春 モクセイ科落葉低木　花期＝四～六月　**リラの花・リラ冷え・紫丁香花《むらさきはしどい》**《さりげなくリラの花とり髪に挿し　星野立子》⌘フランス語ではリラ、紫丁香花は和名。寒冷を好むので、東北・北海道の公園や庭園に植えられている。花先は四つに分かれているが、まれに三～五つに分かれているものが見られラッキーライラックと呼ばれる。

【青木《あおき》の花《はな》（あをきのはな）】 晩春 アオキ科（ミズキ科に分類する場合も）常緑低木　花期＝四月／果期＝十二～五月《青木咲きしづかに妻の日曜日　大屋達治》⌘秋に赤く熟す

果実に比べ、いかにも地味な、小さな茶色い花を、四月頃に枝の先に咲かせる。

【馬酔木《あしび》の花《はな》（あせびのはな）】 晩春 ツツジ科常緑低木　花期＝三〜五月　**花馬酔木《はなあしび》・あせび・あせみ** 《来し方や馬酔木咲く野の日のひかり　水原秋櫻子》 ⌘白い壺形の小花が、有毒成分をもつ枝に鈴なりに咲く。馬がこの木の葉を食べると酔っぱらったようになるといわれ、この名前に。

【満天星《どうだん》の花《はな》】 晩春 ツツジ科落葉低木　花期＝四〜五月　**満天星躑躅《どうだんつつじ》** 《満天星の花がみな鳴る夢の中　平井照敏》 ⌘名前は、本種が無数につける白い小さな花を、夜空にきらめく星に見立てて「満天星の花」という漢字が当てられたことによる。

【躑躅《つつじ》】 晩春 ツツジ科　常緑・落葉低木〜高木　花期＝三〜六月　**三葉躑躅《みつばつつじ》・山躑躅・蓮華躑躅《れんげ》** 《旅籠屋《はたごや》の夕くれなゐにつつじかな　蓼太》 ⌘ツツジ類の総称。わが国は野生ツツジの宝庫で、約五十種が分布する。

【小粉団《こでまり》の花《はな》】 晩春 バラ科落葉低木　花期＝五〜六月　**小手毬《こでまり》の花・こでまり・団子花《だんごばな》**

《こでまりや上手に咲いて垣の上　嵐弓》⌘花の形が手毬に似ているのでこの名に。

【雪柳《ゆきやなぎ》】仲春　バラ科落葉低木　花期＝三〜五月　**小米花《こごめばな》・小米桜《こごめざくら》**　《ちればこそ小米の花もおもしろき　莫二》⌘花の形が柳に似ていて、枝には白い小花が、雪が降り積もったように群がり咲いているところからこの名前に。

【木蓮《もくれん》】仲春　モクレン科落葉低木〜高木　花期＝三〜五月　**木蘭・紫木蓮・白木蓮《はくれん》・はくれん**　《白木蓮の散るべく風にさからへる　中村汀女》⌘花の形がハス（蓮）の花に似ているところから「木の蓮」、やがて「木蓮」に変化。

【藤《ふじ》（ふぢ）】晩春　マメ科蔓性落葉木本　花期＝四〜五月　**藤の花・白藤・藤房・藤浪・藤棚・藤の昼**　《くたびれて宿かるころや藤の花　芭蕉》⌘薄紫の花を総《ふさ》のように垂れて咲かせる姿は実に優雅で、古くから日本人に愛されてきた。

【山吹《やまぶき》】晩春　バラ科落葉低木　花期＝三〜五月　**面影草《おもかげぐさ》・かがみ草・八重《やえ》山吹・濃《こ》山吹・白《しろ》山吹**　《しばらくは山吹にさす入日かな　渋沢渋亭》⌘山吹の枝は微風でもよく

振れるので「山振り」と呼ばれ、これが転訛して山吹になったとされる。

【桃《もも》の花《はな》】 晩春 バラ科落葉低木・小高木　花期＝三〜五月　**白桃《しらもも》・緋桃《ひもも》**　《野に出れば人みなやさし桃の花　高野素十《すじゅう》》⌘花を観賞する花モモと、実を収穫するために栽培する実モモがある。

【李《すもも》の花《はな》】 晩春 バラ科落葉小高木　花期＝四月　**李咲く・李散る・花李《はなすもも》・李花《りか》**　《子鴉の母呼ぶ李月夜かな　内藤鳴雪》⌘果実がモモに似ているのだが、酸味が強いので〝酸っぱいモモ〟からスモモ（酸桃）になったとされる。

【梨《なし》の花《はな》】 晩春 バラ科落葉高木　花期＝四〜五月　**花梨《はななし》・梨花《なしばな》**　《梨咲きぬ言葉の届く高さにて　岡本眸》⌘桜に似た白い花はいっせいに咲き、二週間ほどで散る。梨園では収穫のために棚をつくって仕立てる。

【杏《あんず》の花《はな》】 晩春 バラ科落葉高木　花期＝三〜四月　**からももの花・花杏・杏散る**　《花杏受胎告知の翅音《はおと》びび　川端茅舎《ぼうしゃ》》⌘樹形が梅に似ているが、花は梅よりやや大きい。

【林檎《りんご》の花《はな》】晩春 バラ科落葉中・高木 花期＝四～五月 **花林檎《はなりんご》** 《風軽く林檎の花を吹く日かな 富永眉月《びげつ》》⌘林檎の栽培は寒い地方が適地で、長野・青森・北海道などが栽培地である。

【木瓜《ぼけ》の花《はな》】晩春 バラ科落葉低木 花期＝三～四月 **花木瓜・緋木瓜《ひぼけ》・白木瓜《しろぼけ》・更紗《さらさ》木瓜《ぼけ》** 《古書ひらく朝より雨の更紗木瓜 きくちつねこ》⌘漢名の「木瓜《ぼくか》」を〝ボッカ〟〝モッカ〟と読んでいたものが転じて「ボケ」に。

【木《こ》の芽《め》】三春 さまざまな春の木の芽の総称。**芽立ち・芽吹く・芽組む・木の芽張《は》る・名木《なのき》の芽・雑木《ぞうき》の芽・木の芽山・木の芽冷《びえ》・木の芽晴・木の芽雨・木の芽風・芽起こし** 《一椀に木の芽のかをり山の音 長谷川耀》

【蘖《ひこばえ》】仲春 「孫生《ひこば》え」の意で、春に樹木の根元や切り株から、新芽が何本も力強く伸び立つこと。**ひこばゆ** 《年輪の渦うつくしくひこばゆる 三宅一鳴》⌘「蘖」は名詞、「蘖ゆ」は動詞（下二段活用）である。使い方に注意。

実作ワンポイント❶

❖俳句ビギナーの方にお勧めしている俳句の作り方

俳句をはじめて作るという方には、こんなやり方をお勧めしている。

まず、あなたが今朝起きてからここに至るまでにあったできごとや、感じたこと、考えたことなどを、思い出して、書き出してみよう。

次に、思い浮かんだことがらの中で、これは今の季節の「季語」に違いないと思えるものを探してみよう。

持ち時間は三分程度。

たとえば、ある人の場合。

◎「朝起きてすぐ、花を生けた花瓶の水が減っていたのに気づいて、水を足した」

◎そういえば花瓶に生けてある「百合」は夏の季語ではなかろうか。
この二つで、できるだけ短い文章を作ってみる。

「起きてすぐに百合を生けた花瓶に水を足した」

長さはもうほとんど俳句に近い。このままで五・七・五に整えてみる。

「起きてすぐ百合の花瓶に水を足す」

この人は、百合が一晩でこんなに水を上げるものなのかと驚いたのだ。

ありのままのできごとを普通のことばで言っただけでも、百合の瑞々しい生命力への軽い驚きは伝わるのではなかろうか。

ちょっと立ち止まってみれば、日常の中に俳句の材料をいくらでも見つけられる。

【若《わか》緑《みどり》】晩春　晩春の松の新芽のこと。**若松・緑立つ・初緑・松の芯・松の緑・緑摘む**　《老松も若木もこぞり緑立つ　小川濤美子》⌘俳句の世界では、「若緑」は春の草の新芽一般のことではなく、松の新芽に限っている。

【柳《やなぎ》の芽《め》】仲春　ヤナギ科落葉低・高木　**芽柳《めやなぎ》・芽ばり柳**　《山の駅二人降りたる柳の芽　木山捷平《しょうへい》》⌘柳はヤナギ科の総称だが、一般には枝垂《しだ》れ柳をさすことが多く、その枝垂れ柳は、柳の中でも特に芽吹きが美しい。

【山椒《さんしょう》の芽《め》（さんせうのめ）】仲春　ミカン科落葉低木　花期＝四〜五月　**きのめ・芽山椒**　《山椒の芽母に煮物の季節来る　古賀まり子》山椒や胡椒に使われている「椒」は「はじかみ」と読み、辛いもの、という意味。

【楓《かえで》の芽《め》（かへでのめ）】仲春　カエデ科落葉高木　花期＝四〜五月　《楓の芽朝の音楽つづきおり　村沢夏風》⌘楓は早春に鮮紅色の芽を吹く。

【楤《たら》の芽《め》】仲春　ウコギ科落葉低・高木　花期＝八〜九月　**多羅の芽・たらめ・楤摘む・う**

どもどき《たらの芽のとげだらけでも喰はれけり　一茶》⌘タラノキ（楤の木）の新芽のこと。新芽にはウドのような味と香りがある。山菜の王者といわれる。

【枸杞《く こ》】仲春　ナス科落葉低木　花期＝六～七月／果期＝九～十月　**枸杞の芽**《帰りきて昼には早し枸杞を摘む　松藤夏山》⌘大きな雑草のようにも見える低木で道端などに自生。若芽は摘んで食用に。実や根は乾燥させて、強壮・解熱などの生薬にする。

【五加木《うこぎ》】仲春　ウコギ科落葉低木　花期＝五～六月　**五加《うこぎ》・むこぎ・五加垣《うこぎがき》・五加木飯**《少しのびすぎしが五加木摘みに出づ　高野素十》⌘若芽がほろ苦く、香りが良く、五加木飯として食べる。

【柳《やなぎ》】晩春　ヤナギ科落葉低木～高木　花期＝三～五月　**青柳《あおやぎ》・枝垂柳《しだれやなぎ》・糸柳・遠柳《とおやなぎ》・川柳・門柳《かどやなぎ》・柳の糸・若柳**《卒然と風湧き出でし柳かな　松本たかし》

【金縷梅《まんさく》】初春　マンサク科落葉小高木　花期＝三～四月　**まんさく・満作・金縷梅《きんろばい》・銀縷《ぎんろ》**

梅《ばい》《谷間谷間に満作が咲く荒凡夫《あらぼんぷ》　金子兜太》⌘早春にほかの花に先駆けて咲くので「まず咲く」が名前の由来とされている。

【樝子《しどみ》の花《はな》】晩春　バラ科落葉小低木　花期＝四〜五月　**草木瓜《くさぼけ》の花・地梨《ちなし》の花**《山ふかく妻とあそびぬ花しどみ　勝又一透《いっとう》》⌘樹高が三十〜六十センチの日本産のボケで、クサボケ（草木瓜）というが、草ではなく木である。

【松《まつ》の花《はな》】晩春　マツ科常緑高木　花期＝四〜五月　**松の花粉《かふん》・十返《とかえ》りの花**《正座して見ゆるかぎりの松の花　大石悦子》⌘晩春の頃、枝の先の新芽の頂に、紫色の雌花が二〜三個つき、枝の基部に薄茶色の雄花が多数つく。風が吹けば、雄花が花粉を煙のように飛ばす。雌花は後に、松かさとなる。

【樫《かし》の花《はな》】晩春　ブナ科常緑高木　花期＝四〜五月／果期＝十〜十一月《樫の花散り敷く朝は樫仰ぐ　高野梢》⌘ブナ科コナラ属の常緑樹（粗樫・白樫・赤樫など）を総称して樫という。晩秋、どんぐりに似た実が熟して落ちる。

【杉《すぎ》の花《はな》】晩春 ヒノキ科（以前はスギ科）常緑針葉高木　花期＝三〜四月　**杉の花粉《かふん》・花粉症《かふんしょう》**《一すぢの春の日さしぬ杉の花　前田普羅》⌘風媒花なので昆虫を誘う必要がなく花は目立たない。風に乗って大量の花粉を飛散させ、花粉症を引き起こすとされる。

【赤楊《はんのき》の花《はな》】初春 カバノキ科落葉高木　花期＝暖地十一月／寒地四月　**はりの木の花・榛《はん》の花**《空ふかく夜風わたりて榛の花　飯田龍太》⌘「榛の木」と書いて「ハンノキ」と読む。「榛」と一字では「ハシバミ」とも読む。ハシバミはカバノキ科ハシバミ属の落葉低木。

【楓《かえで》の花《はな》（かへでのはな）】晩春 カエデ科落葉高木　花期＝四〜五月　**花楓《はなかえで》・もみぢ咲く**《楓にも小さき花あり昼の月　伊庭心猿《いばしんえん》》⌘楓の花は、切り込みの深い若葉の蔭にひっそりと隠れるように咲く。

【木五倍子《きぶし》の花《はな》】仲春 キブシ科落葉低木　花期＝三〜四月　**花五倍子《はなきぶし》**《ひとりづつ渡

る吊橋きぶし咲き　白井爽風》⌘葉が出る前に穂状花序《すいじょうかじょ》を垂らし、多数の黄緑色の花を密に咲かせる。

【白樺《しらかば》の花《はな》】 晩春 カバノキ科落葉高木　花期＝四月　**樺《かば》の花・かんばの花・花かんば**《時間かけて伊那《いな》は晴れゆく花樺《はなかんば》　林辺《はやしべ》千尋》⌘名前は「樹皮の白いカバノキ」の意。明治・大正の人気の文芸雑誌名が『白樺』だったので、本種に文学的なイメージがついた。

【猫《ねこ》柳《やなぎ》】 初春 ヤナギ科落葉低木　花期＝三〜四月　**ゑ《え》のころやなぎ・川柳**《猫柳薪《たきぎ》の上に折られあり　高浜虚子》⌘花穂が猫の尻尾に似ているのでこの名に。川べりに自生するので川柳とも呼ばれる。

【黄楊《つげ》の花《はな》】 晩春 ツゲ科常緑低木　花期＝三〜四月《閑《しず》かさにひとりこぼれぬ黄楊の花　阿波野青畝》⌘葉の表面がなめらかで美しい光沢を放つ。この葉の脇に、葉によりそうかのように淡黄色の地味な小花が咲く。

【桑《くわ》の花《はな》(くはのはな)**】** 晩春 クワ科落葉高木　花期＝四〜五月／果期＝七〜八月　**桑・桑畑**　《山畑のいよいよ荒れて桑の花　青柳志解樹》⌘蚕《かいこ》が桑の葉を食べることから〝蚕《こ》葉《は》〟、それが転訛してクワになったとされている。養蚕《ようさん》は蚕を飼うため桑を栽培し、蚕が吐き出して作る繭玉から絹糸を作る産業のことである。

【樒《しきみ》の花《はな》】 晩春 シキミ科　常緑小高木　花期＝三〜四月　**花樒《はなしきみ》**　《樒咲くこの谷を出ず風と姥《うば》　山上樹実雄》⌘春に葉の付け根に芳香のある美しい花をつけるが、葉も枝も種も有毒なので、汁などが口に入らないよう要注意。

【鈴懸《すずかけ》の花《はな》】 晩春 スズカケノキ科落葉高木　花期＝四〜五月／果期＝九〜十月　**篠懸の花・プラタナスの花**　《すずかけの花咲く母校師も老いて　河野南畦《なんけい》》⌘毛糸のボンボンのような実が垂れ下がっている様子が、山伏の装束の〝篠懸〟の肩飾りに似ているのでこの名がつけられた、という説が有力。

【山帰来《さんきらい》の花《はな》】 晩春 ユリ科蔓性落葉低木　花期＝四月　《山帰来の花の終んぬる山の音

岸田稚魚》 ⌘山地や丘陵地などに自生する。ハイキングコースでもよく見かける。山帰来は俗名で、正しくはサルトリイバラ（猿捕茨）。本種の枝でできた藪に猿を追い込んで捕らえたためにこの名に。

【柳絮《りゅうじょ》（りうじよ）】 晩春 ヤナギの白い綿のような種子のこと。**柳の花・柳の絮《わた》・柳絮飛ぶ・柳絨《りゅうじゅう》** 《吹くからに柳絮の天となりにけり　軽部烏頭子《かるべうとうし》》 ⌘晩春、ヤナギの枝から白い柳絮がフワフワと舞い上がり飛んでいくさまは、いかにものどかである。

【木苺《きいちご》の花《はな》】 晩春 バラ科落葉低木　花期＝四～五月　**紅葉苺《もみじいちご》** 《木苺が咲きこの辺の島の径　清崎敏郎》 ⌘〝木苺〟はバラ科イチゴ属に属する樹木の総称。多くの種類があり、ブルーベリーやラズベリーも本種。日本原産では紅葉苺が有名。

【枸橘《からたち》の花《はな》】 晩春 ミカン科落葉低木　花期＝四～五月　**枳殻《からたち》・枳殻《きこく》・枳殻《からたち》の花《はな》・からたちの花** 《からたちの咲く頃は雲浮き易《やす》し　栗原米作《くりはらよねさく》》 ⌘枝に棘が多いので生け垣に利用されていたが、最近はあまり見かけない。

【通草《あけび》の花《はな》】 晩春 アケビ科蔓性落葉低木 花期＝四〜五月 **木通《あけび》の花・花通草《はなあけび》・山女《あけび》の花・山姫《やまひめ》の花** 《先端は空にをどりて通草咲く 林徹》⌘秋になる美しい紫色の果実によってなじみ深い木だが、春に咲く紫色の花も味わい深い。

【郁子《むべ》の花《はな》】 晩春 アケビ科蔓性常緑低木 花期＝四〜五月 **うべの花・常盤通草《ときわあけび》の花** 《裏口をもはらに使ふ郁子の花 綾部仁喜《じんき》》⌘山地に自生するが、庭木として植えられることもある。釣り鐘状の白い花は、少し紫が入って愛らしく、芳香がある。

【竹《たけ》の秋《あき》】 晩春 晩春の竹の葉の黄ばんださま **竹秋《ちくしゅう》** 《竹の秋男の若狭訛かな 廣瀬直人》⌘晩春に竹の葉が黄ばむのは、地中の筍を育てるために、一時的に葉が衰える現象。そのさまが、他の植物の秋の様子に似ているので、こう呼ばれている。

【春《はる》の筍《たけのこ》】 晩春 冬から春にかけて出回る筍のこと。 **春筍《しゅんじゅん》・春笋《しゅんじゅん》・春筍《はるたけのこ》** 《春筍祖母の里より賜はりぬ 草間時彦》⌘筍は初夏のもので、夏の季語であるが、春から出回るものを春の筍という。

【春落葉《はるおちば》】晩春　常磐木（＝常緑樹）の落葉のこと　**春の落葉**　《ためらはず水浸《みづ》きて春の落葉かな　石田郷子》　⌘落葉樹は晩秋から冬にかけて葉を落とすが、椎、樫、檜などの常磐木は晩春に古い葉を落とすので、「春落葉」という。

【黄水仙《きずいせん》（きずゐせん）】仲春　ヒガンバナ科多年草　花期＝二～四月　**喇叭水仙《らっぱずいせん》**　《黄水仙みな横向くはよそよそし　長谷川照子》　⌘二月頃から茎の先に二～三個の花を横向きに咲かせる。鮮やかな黄色の六弁花で、スイセンの中で最も芳香が強い。

【華鬘草《けまんそう》（けまんさう）】晩春　ケシ科多年草　花期＝四～五月　**藤牡丹《ふじぼたん》・鯛釣草《たいつりそう》**　《姥捨の山みち険し華鬘草　高木良太》　⌘名前は、花がたくさん垂れ下がって咲くさまを、仏前を荘厳な雰囲気にする仏具の「華鬘」にたとえたことによる。

【雛菊《ひなぎく》】三春　キク科一年草、多年草　花期＝二～十一月　**長命菊・延命菊・デージー**　《小さき鉢に取りて雛菊鮮やかに　篠原温亭》　⌘名前は「雛のように小さい菊」の意。二月頃から数カ月にわたって咲き続けるので長命菊の名がある。

【金盞花《きんせんか》（金盞花《きんせんくわ》）】晩春　キク科一年草　花期＝三〜五月　**常春花・長春花**　《海上を高く日がゆく金盞花　和知喜八》⌘春先の切り花としてなじみ深い。名の「金盞」は〝金のさかずき〟の意で、花の色と形が金のさかずきに似ているからこの名に。

【勿忘草《わすれなぐさ》】晩春　ムラサキ科多年草　花期＝四〜五月　**わするな草・藍微塵《あいみじん》**　《花よりも勿忘草といふ名摘む　粟津松彩子《しょうさいし》》⌘名前は、英名の花言葉「フォーゲット・ミー・ノット」を訳したもの。

【シネラリア】晩春　キク科越年草　花期＝十二〜三月　**サイネリア・富貴菊《ふうきぎく》**　《サイネリア花たけなはに事務倦《う》みぬ　日野草城《そうじょう》》⌘代表的な鉢植え草花。別名のサイネリアのほうがよく使われているのは、病人の見舞品にする場合に、「シネ」の音を嫌ったためといわれる。

【アネモネ】晩春　キンポウゲ科多年草　花期＝三〜四月　**はないちげ・ぼたんいちげ**　《手のアネモネ闇ばかりゆく灯の電車　中村草田男《くさたお》》⌘アネモネはギリシャ語で

「風の娘」の意味。種子が風で飛ぶのでこの名前に。

【フリージア】晩春 アヤメ科多年草 花期＝三〜四月 香雪蘭《こうせつらん》・浅黄水仙《あさぎずいせん》《熱高く睡るフリージヤの香の中に 古賀まり子》⌘温室で栽培され、寒いうちから切り花として出回る。鉢植えでも栽培され、春の香をいち早く市中に届ける、香り高い花である。

【チューリップ】晩春 ユリ科球根草 花期＝三〜五月 鬱金香《うこんこう》・牡丹百合《ぼたんゆり》《チューリップ喜びだけを持ってゐる 細見綾子》⌘洋種の草花の中でも特によく知られている植物である。新潟・富山県で盛んに栽培されている。

【クロッカス】初春 アヤメ科球根植物 花期＝二〜四月 春咲きサフラン・花サフラン《日が射してもうクロッカス咲く時分 高野素十《すじゅう》》⌘早春の花として花壇・鉢植えなど広く親しまれている。

【シクラメン】三春 サクラソウ科球根多年草 花期＝十一〜四月 篝火花《かがりびばな》・篝火草《かがりびそう》・豚《ぶた》の饅頭《まんじゅう》《シクラメン花のうれひを葉にわかち 久保田万太郎》⌘もとは早春花で

あるが、栽培技術の発達によって、近年では冬の間から出回っている。

【ヒヤシンス】晩春 ユリ科球根多年草 花期＝三〜四月 **風信子《ふうしんし》・夜香蘭・錦百合** 《室蘭や雪ふる窓のヒヤシンス 渡辺白泉》 ⌘早春の代表的な草花。花壇、鉢植え、水栽培など、広く栽培されている。

【スイートピー】晩春 マメ科一年草 花期＝四〜五月 **におい豌豆《えんどう》** 《スヰートピー指先をもて愛さるる 岸風三樓《ふうさんろう》》 ⌘ひらひらと舞う蝶のような形をした花で、切り花としてよく知られている。

【君子蘭《くんしらん》】仲春 ヒガンバナ科常緑多年草 花期＝三〜五月 《君子蘭の鉢を抱へる力なし 阿部みどり女》 ⌘君子蘭という名前がついているが、蘭の仲間ではない。一般にクンシランとして知られているものはウケザキクンシランのことである。本来のクンシランは花が下を向いているが、ウケザキクンシランは花を上向きに咲かせる。

【霞草《かすみそう》（かすみさう）】晩春 ナデシコ科一年草・多年草または小木 花期＝四〜六月 **群撫子《むれなでしこ》・**

こごめなでしこ　《セロファンの中の幸せかすみ草　椎名智恵子》⌘花束に添える花としてよく使われている。白い小さな花をびっしりとつけて、それがけぶっているように見えるのでこの名に。

【苧環《おだまき》の花《はな》（をだまきのはな）】 晩春　キンポウゲ科多年草　花期＝四～五月　**いとくり・糸繰草《いとくりそう》**　《をだまきや老いゆく夫《つま》の齢《とし》を追ふ　岩城のり子》⌘「苧環」の名は、花の姿形が糸巻きの一種の苧環に似ていることから。

【都忘れ《みやこわすれ》】 晩春　キク科多年草　花期＝四～六月　**野春菊《のしゅんぎく》・あづまぎく**　《都忘れふるさと捨ててより久し　志摩芳次郎》⌘順徳上皇が佐渡に流されていたときにこの花を見て「心が和み、都を忘れることができる」と語ったことが名前の由来とされている。

【芝桜《しばざくら》】 晩春　ハナシノブ科多年草　花期＝三～四月　**花爪草《はなつめぐさ》・モスフロックス**　《芝ざくら足袋ぬぎ心の張り弛む　古賀まり子》⌘桜に似た花を咲かせて、芝のように地に広く伸びることからこの名前になったといわれる。

【菊《きく》の苗《なえ》（きくのなへ）】 仲春 **菊苗・菊の芽** 《菊苗に雨を占ふあるじかな　嘯山《しょうざん》》⌘春になると菊の古根から新芽が出てくる。大きな花を咲かせるために、その新芽を古根から切り離して苗床に植える。「菊の苗」とはその苗のこと。

【菜《な》の花《はな》】 晩春 アブラナ科二年草　花期＝十一～四月　**花菜《はなな》・菜種の花・花菜雨・花菜風** 《菜の花や月は東に日は西に　蕪村》⌘日本の春の田園は、青・赤・黄の三色で彩られる。麦畑の青、紫雲英《げんげ》畑の赤、菜の花畑の黄である。

【大根《だいこん》の花《はな》】 晩春 アブラナ科一、二年草　花期＝四～五月　**花大根《はなだいこ》** 《大根の花や青空色足らぬ　波多野爽波》⌘大根の花を見たことがない人が多いのは、花が咲く前に収穫されてしまうから。見られるのは、種をとるために何本かが畑に残されている場合だけである。

【諸葛菜《しょかっさい》（しょかつさい）】 仲春 アブラナ科一年草・越年草　花期＝二～五月　**むらさきはなな・おおあらせいとう** 《諸葛菜隣へ飛びてあまた咲く　木村美保子》⌘十字形で淡紫色

の花をたくさんつける。風に揺れると紫の霞がかかったようで美しい。諸葛菜は「花大根」とも呼ばれ、大根の花とよく混同されている。

【豆《まめ》の花《はな》】 晩春 マメ科越年草　花期＝四月　**蚕豆《そらまめ》の花**　《そら豆の花の黒き目数知れず　中村草田男《くさたお》》　⌘俳句で「豆の花」という場合は、蚕豆の花をさす。その他の豆類の花は夏に咲く。歳時記の中には「豆の花」を夏の部に入れているものもあるが、これは混同である。

【葱坊主《ねぎぼうず》（ねぎばうず）】 晩春 ネギの花の別称。**葱の花・葱の擬宝《ぎぼ》**　《葱の花ふと金色の仏かな　川端茅舎《ぼうしゃ》》　⌘ネギの花が茎の先に無数に集まって咲いて、球状になっているのを坊主の頭にたとえた。畑にくりくりした頭で立っているのでどことなくほほえましい。

【苺《いちご》の花《はな》】 晩春 バラ科多年草　花期＝四～六月　**花苺《はないちご》・草苺《くさいちご》の花・蛇苺《へびいちご》の花**　《敷藁《しきわら》のま新しさよ花いちご　星野立子《たつこ》》　⌘春、数本の花柄を伸ばして、数個の白い可憐な花を咲かせる。モミジイチゴ、クサイチゴ、ナワシロイチゴなどは木苺の仲間で、やはり春に花が咲く。苺の花はみな白や淡紅色だが、蛇苺の花は黄色く、実は食用に向かない。

【萵苣《ちしゃ》（ちしや）】 三春 キク科一・二年草 花期＝六〜八月 **ちしや・かきぢしや・レタス** 《夜勤工冴えぬレタスを馬食して 佐藤鬼房《おにふさ》》 ⌘古くから栽培されている「搔ぢしゃ」は中国から渡来したもの。「玉ぢしゃ」はアメリカから輸入されたもので、レタスの名で親しまれている。

【菠薐草《ほうれんそう》（はうれんそう）】 初春 アカザ科一・二年草 花期＝四〜五月 《菠薐草スープよ煮えよ子よ癒えよ 西村和子》 ⌘早春の青菜の代表として古くから食されている。ビタミンに富み、さまざまに料理されている。

【鶯菜《うぐいすな》（うぐひすな）】 仲春 小松菜の小さいもののこと。**黄鳥菜《うぐいすな》・小松菜** 《海原のけふはれやかに鶯菜 三木照恵》 ⌘三〜四月に野菜売り場に並ぶ。名前については、並ぶのが鶯の鳴く頃なのでとも、葉の浅い緑が鶯の色に似ているからともいわれる。

❖吟行中に句ができなくて困ったら――素材の見つけ方

吟行がはじめてという人は、何を見たらいいのかキョロキョロしてしまうばかりで、季語は見つけられても、俳句の素材をどうやって見つけるのかわからないかもしれない。そういうときは、何か一つの対象を決めてしばらく立ち止まってみるといい。視覚だけではなく、意識して聴覚や嗅覚、触覚を働かせてみる。風が吹いてくるとか、雨がぱらつくとか、蝶が飛んでくるとか、それなりのドラマが起こるはずだ。

満開のふれてつめたき桜の木　　鈴木六林男

思わず歩み寄って幹に触れてみたのだろう。

花石榴《ざくろ》雨きらきらと地を濡らさず　大野林火

通り雨に石榴の花は濡れたのに、地面は乾いたままだったので、「あれっ」と思ったのだ。

起き上り又倒れたる落葉かな　上野　泰

まるで生き物のような動きをした落葉をじいっと観察して描いたものだ。

では、この句はどうだろう。

菊の香や奈良には古き仏達　芭蕉

菊の清らかで雅《みやび》な香りに、古都・奈良の数々の仏像を連想し、その面影を重ねたのだ。

五感を働かせているうちに、ひらめいた連想もまた俳句の材料になるのである。

【水菜《みずな》】初春 京都付近が原産で、関東では京菜という。**京菜・壬生菜《みぶな》**《水菜採る畦の十字に朝日満ち　飯田龍太》 二、三月の、まだ寒くて菜類が乏しい頃に出回るので、見た目にも新鮮な感じがして重宝がられる。

【茎立《くくたち》】三春 薹立《とうだ》ちのこと。薹は花茎《かけい》。**くくだち・くきだち**《茎立や天神様のむら雀　一茶》 ⌘三月から四月になると大根、蕪、菜類は蕾をつける。畑に取り残されたものや採種用のものは、一斉に茎立ちを始める。茎立ちした菜類はまずくて食べられない。「薹が立つ」の語源。

【独活《うど》】晩春 ウコギ科大形多年草 花期＝七〜九月 **山独活・独活掘る**《雪間より薄紫の芽独活かな　芭蕉》 ⌘「うどの大木」のうどのことで、木のように大きくなるが、草なのでやわらかくて弱いため、材として使えないところから、体ばかり大きくて役に立たない人の例えになった。若芽は食用で、香りがよい。

【春菊《しゅんぎく》】三春 キク科一年草 花期＝四月 **高麗菊《こうらいぎく》・菊菜**《夕支度《ゆうじたく》春菊摘んで胡麻《ごま》摺《す》っ

て　草間時彦》⌘本種の茎と葉を食用にする。春先に若菜を摘んで、独特の香りを楽しむ。おひたし、和え物、鍋料理には欠かせない野菜である。

【防風《ぼうふう》】三春　セリ科宿根草　花期＝八〜九月　**浜防風・はまにがな**《ふるさとに防風摘みにと来し吾ぞ　高浜虚子》⌘海浜の砂丘に生え、砂の中に深く根を下ろす。二〜三月頃に芹《せり》に似た葉を現す。若芽を摘んで刺身のつまに用いる。

【山葵《わさび》】晩春　アブラナ科多年草　花期＝四〜五月　**山葵田・山葵沢**《水清く山葵はかくて人に辛し　山口青邨》⌘日本特産で、各地の清冽な水を利用して栽培されている。

【青麦《あおむぎ》（あをむぎ）】三春　春の、葉や茎が青々としている麦のこと。**麦青む**《目を細め青麦の風柔らかし　富安風生》⌘麦は春の暖かさとともに若葉をひろげ、畑を緑一色に染める。この頃の、青い穂を出すまでの麦を青麦という。

【春《はる》の草《くさ》】三春　春に萌え出た草のこと。**春草《しゅんそう》・芳草《ほうそう》・草かぐはし《わ》**《春草は足の短き犬に萌ゆ　中村草田男》⌘春に萌え出る草はやわらかく、みずみずしく、色合いも優しく、匂うようである。

【下萌《したもえ》】初春　春に草の芽が土から萌え出ること。**萌・草萌《くさもえ》・畔青《あぜあお》む・駒返る草**《下萌えぬ人間それに従ひぬ　星野立子》⌘春の早い時期、空き地や石垣や野などをよく見ると、いつの間にか萌え出た草の緑が見つかる。

【草《くさ》の芽《め》】仲春　春に萌え出るいろいろな草の芽のこと。**名草の芽・ものの芽・蔦《つた》の芽**《甘草《かんぞう》の芽のとびとびのひとならび　高野素十》⌘菊・朝顔・桔梗などの名のある草の芽は、一括りして「名草《なくさ》の芽」といっている。

【若《わか》草《くさ》】仲春　萌え出た春の草のこと。**嫩草《わかくさ》・雀隠《すずめがく》れ**《若草や水の滴《した》たる蜆籠《しじみかご》　夏目漱石》⌘若草のやわらかで瑞々しい感じをとらえた季語である。「雀隠れ」は、春になって萌え出た草が生長して、雀が隠れるほどの丈になった、という意味。

【古《ふる》草《くさ》】初春　若草の中に交じって残っている前年の草をさす。《古草もまたひと雨によみがへり　高浜年尾》⌘青々とした若草には命の輝きが感じられるが、古草には過ぎし年への懐かしさを覚える。この古草が青さを蘇生した状態のことを「駒返る草」という。

【若《わか》芝《しば》】晩春 新芽を出した芝のこと。**芝萌ゆ・芝青む**《若芝にノートを置けばひるがへる 加藤楸邨》⌘冬の間は一面に枯れていた芝生が、三月中旬を過ぎた頃から萌芽し、緑色が蘇り、芝生から春の歓喜の声がする。

【草若葉《くさわかば》】晩春 草の芽が新葉になること。《葛の若葉吹き切って行く嵐かな 暁台《きょうたい》》⌘木々の「若葉」は夏の季語だが、「草の若葉」は晩春の季語。

【菫《すみれ》】三春 スミレ科多年草 花期＝三〜五月 **菫草《すみれぐさ》・花菫《はなすみれ》・相撲取草《すもうとりぐさ》・三色菫《さんしきすみれ》・パンジー**《すみれ踏みしなやかに行く牛の足 秋元不死男》⌘三色菫は「赤、黄、白の三色が交じるスミレ」のことで、園芸品種のパンジーのことである。

【紫雲英《げんげ》】仲春 マメ科越年草 花期＝四〜六月 **蓮華草《れんげそう》・げんげん・げんげ田《だ》**《紫雲英咲き熊野ふる道細りけり 小山紫水》⌘紫雲英畑の赤、麦畑の青、菜の花畑の黄

——日本の春の里山は赤・青・黄の三色で彩られる。

【苜蓿《うまごやし》】晩春　マメ科多年草　花期＝四〜九月　**苜蓿《もくしゅく》・クローバー・白詰草《しろつめくさ》**　《蝶去るや葉とぢて眠るうまごやし　杉田久女》⌘「四つ葉のクローバー」で知られるシロツメクサのことである。ウマゴヤシは俗称。

【薺《なずな》の花《はな》（なづなのはな）】三春　アブラナ科越年草　花期＝三〜六月　**花薺《はななずな》・三味線草《しゃみせんぐさ》・ぺんぺん草**　《よくみれば薺花さく垣ねかな　芭蕉》⌘花後の実の形が、三味線を弾くときに使う撥《ばち》に似ていることが「ぺんぺん草」という名の語源（三味線は弾くとぺんぺんと音がする）。

【蒲公英《たんぽぽ》】三春　キク科多年草　花期＝三〜五月　**鼓草《つづみぐさ》・蒲公英の絮《わた》**　《たんぽゝと小声で言ひてみて一人　星野立子》⌘在来種のカントウタンポポ・カンサイタンポポなどと外来種のセイヨウタンポポがある。外来種が勢力を拡げている。一般に蒲公英といえば黄色い花という印象だが、関西では白花のたんぽぽの方がなじみ深いようだ。

【土筆《つくし》】 仲春 トクサ科多年草　花期＝三〜四月　**つくづくし・つくしんぼ・筆の花** 《土筆摘む野は照りながら山の雨　嶋田青峰》 ⌘ツクシとスギナは形が全然違うので別の植物に見えるが、実は地下茎でつながっている同じ植物。ツクシはスギナの胞子茎のことである。

【杉菜《すぎな》】 晩春 トクサ科多年草　花期＝三〜四月　**接《つ》ぎ松《まつ》** 《すさまじや杉菜ばかりの丘一つ　正岡子規》 ⌘草姿が杉の樹形に似ているのでこの名に。本種には栄養茎と胞子茎があり、栄養茎をスギナ、胞子茎をツクシという。春先に、まずツクシが出て、続いてスギナが出る。

【繁縷《はこべ》】 三春 ナデシコ科越年草　花期＝三〜九月　**はこべら** 《カナリヤの餌に束ねたるはこべかな　正岡子規》 ⌘春の七草の一つ。葉や茎がやわらかいので、小鳥やウサギなどの餌にする。

【桜草《さくらそう》（さくらさう）】 晩春 サクラソウ科多年草　花期＝四〜五月　**プリムラ** 《まのあたり天降《あも》

りし蝶や桜草　芝 不器男《ふきお》》⌘名前は、サクラの花に似た花を咲かせる草の意。一茶に「我が国は草も桜を咲きにけり」の句がある。

【雪割草《ゆきわりそう》（雪割《ゆきわり》草《さう》）】初春 キンポウゲ科多年草　花期＝三〜五月　**州浜草《すはまそう》・三角草《みすみそう》**《息止め見る雪割草に雪降るを　加藤知世子》⌘この名前を持つ植物は七科にわたり、計十種もある。

【一輪草《いちりんそう》（一輪《いちりん》草《さう》）】晩春 キンポウゲ科多年草　花期＝四〜五月　**一花草《いちげそう》・裏紅一花《うらべにいちげ》**《渓音を連れ去る風や一輪草　菅野てい子》⌘茎を一本だけピンと伸ばして、花茎の先に花を一輪だけつける。

【虎杖《いたどり》】仲春 タデ科多年草　花期＝七〜十月　**さいたずま・みやまいたどり**《幼な日の酸味かなしき虎杖よ　中村苑子》⌘地下茎に痛み止めの薬効があるとされている。そのためイタミトルからイタドリの名に。春に伸びる筍状の若い茎は酸味があり、皮をむいて生食できる。

【酸葉《すいば》】仲春 タデ科多年草　花期＝五〜八月　**すかんぽ・酸模《すいば》**《酸葉噛むかなしみ口にせぬために　向田貴子》⌘唱歌「すかんぽの咲くころ」（北原白秋作詞、山田耕筰作曲）のすかんぽは本種のこと。遠い日の、土手のすかんぽのすっぱい味が懐かしい。

【羊蹄《ぎしぎし》】晩春 タデ科多年草　花期＝六月《ぎしぎしの風が押し入る網干場　一瀬信子》⌘子供たちが茎をすり合わせて「ギシギシ」と鳴らしていた音が名前になったという説がある。湿地などで見かける。

【薊《あざみ》】晩春 キク科多年草　花期＝五〜八月　**花薊・薊の花・野薊**《薊咲き下田通ひの船がゆく　臼田亜浪《うすだあろう》》⌘アザミは世界に約二百五十種、日本にはそのうちの七十〜八十種があり、「薊」はその総称。日本を代表する種類はノアザミで、春に咲くのはノアザミだけである。

【蕨《わらび》】仲春 コバノイシカグマ科多年草　花期＝シダ植物なので花は咲かない　**早蕨《さわらび》・初蕨《はつわらび》・蕨狩《わらびがり》・蕨山《わらびやま》**《金色の仏ぞおはす蕨かな　水原秋櫻子》⌘葉を小児の拳のよ

うに丸くして（＝ワラビ巻き）立っているなじみ深い春の山菜。

【薇《ぜんまい》】仲春　ゼンマイ科多年草　花期＝シダ植物なので花は咲かない　狗背《ぜんまい》・紫萁《ぜんまい》・おに蕨《わらび》・いぬ蕨　《ぜんまいののの字ばかりの寂光土　川端茅舎》⌘春の山菜として蕨と並んでよく知られている。

【芹《せり》】三春　セリ科多年草　花期＝五～八月　根白草《ねじろぐさ》・根芹《ねぜり》・田芹《たぜり》・芹摘む・芹の水　《芹の香の朝粥で足り京泊　能村登四郎》⌘春の七草の一つで、七草がゆに用いられる。緑が美しく、良い香りがするので春の食卓には欠かせない草。

【野蒜《のびる》】仲春　ユリ科多年草　花期＝五～六月　野蒜摘む　《引抜けば土塊《つちくれ》躍る野蒜かな　阿部みどり女》⌘「蒜」はニンニクの古名。地中に球根があり、ニンニク臭がするので、この名が付いた。春の食用野草の一つ。

【犬《いぬ》ふぐり】初春　ゴマノハグサ科多年草　花期＝三～五月　いぬのふぐり　《いぬふぐり星のまたたく如くなり　高浜虚子》⌘早春に、道端や畑地、野原などに群れ咲く、コバルトブルーの可愛い花である。

【春蘭《しゅんらん》（しゅん／らん）】 仲春 ラン科多年草 花期＝三〜四月 **ほくり・ほくろ** 《春蘭や雨をふくみてうすみどり 杉田久女》 ⌘山中に清らかにひっそりと自生する美しい花である。

【蝮蛇草《まむしぐさ》】 晩春 サトイモ科多年草 花期＝四〜五月 **蝮草《まむしぐさ》** 《まむし草蕊《しべ》覗《のぞ》かむと指触るる 草間時彦》 ⌘関東、信濃方面に多い。山野の樹陰などに自生する。仏炎苞《ぶつえんほう》が、鎌首を持ち上げたマムシのように見え気味が悪い。

【金鳳花《きんぽうげ》】 晩春 キンポウゲ科多年草 花期＝四〜五月 **金鳳華・うまのあしがた** 《きんぽうげ山雨ぱらりと降って晴れ 岡田日郎》 ⌘光沢のある鮮やかな黄金色の花を咲かせるところからこの名前に。

【一人静《ひとりしずか》（ひとり／しづか）】 仲春 センリョウ科多年草 花期＝四〜五月 **吉野静・まゆはき草** 《この庭も一人静も名残惜し 村上多津》 ⌘山地の日陰にひっそりと白い花穂を伸ばして咲き、人知れず散ってゆく。

【二人静《ふたりしずか》（ふたりしずか）】 晩春 センリョウ科多年草 花期＝四〜六月 《身の丈を揃へて二人静かな 倉田紘文》 ⌘静御前の霊と、その霊に憑かれた菜摘女が舞う姿にもたとえられる花。

【母子草《ははこぐさ》】 晩春 キク科越年草 花期＝四〜六月 **鼠麹草《ほうこぐさ》・ははこ・父子草** 《われら知らぬ母の青春母子草 寺井谷子》 ⌘小さな花が肩を寄せ合って咲いている姿が、健気に生きる母子を思わせるのでこの名に。黄色いビロードのような花をつける母子草に対し、父子草は焦げたような色の地味な花をつける。

【蕗《ふき》の薹《とう》（ふきのとう）】 初春 キク科多年草 花期＝三〜五月 **蕗の芽・蕗の花** 《ほとばしる水のほとりの蕗の薹 野村泊月》 ⌘フキの地下茎から発生・生長したものが「フキノトウ」と「フキ」。フキノトウは花および花茎で、蕾の段階で収穫。フキは葉で、佃煮にして食べるのは、葉柄《ようへい》（棒状の、葉を支えている部分）である。

【蓬《よもぎ》】 三春 キク科多年草 花期＝九〜十月 **餅草・艾草《もぐさ》・さしも草・蓬生《よもぎう》** 《蓬摘む生れ

かはりし童かな　松村蒼石》⌘早春に、ほかの野草に先立って若葉を出す。三月三日の「桃の節句（雛祭り）」に食べる草餅の材料として知られている。また、灸に使う艾草の原料でもある。

【嫁《よめ》菜《な》】仲春　キク科多年草　花期＝七〜十月　**萩菜・よめがはぎ**　《紫を俤《おもかげ》にして嫁菜かな　松根東洋城》⌘若芽が春の味の代表の一つになっている、青くてやさしくて美しい（花弁が紫色）草。浸し物、和え物、嫁菜飯などにされる。春の季語としての「嫁菜」は摘み草の対象となる若芽をいい、秋に咲く花は「野菊」としてひとくくりにされている。

【茅《つ》花《ばな》】仲春　イネ科多年草　花期＝五〜六月　**茅萱《ちがや》の花・白茅《ちがや》の花・茅花野《つばなの》**　《三日月のほのかに白し茅花の穂　正岡子規》⌘「茅花」は千萱《ちがや》（空き地や畔《あぜ》に群生している雑草）の若い花穂をさす呼び名である。

【片栗《かたくり》の花《はな》】初春　ユリ科多年草　花期＝十〜四月　**かたかごの花**　《片栗の花ある限り登

るなり　八木沢高原》⌘北海道や本州北部の寒冷地に大きな群落をつくっている。春に、うなだれた独特な姿で、山野の樹下を彩る紅紫色の花。

【水草生う《みずくさお》（みづくさおふ）】仲春　春になって池や沢や沼の水がぬるむと、いろいろな水草が生えてくること。**水草生う《みくさお》・藻草生う《もぐさお》**《生ひいでてきのふけふなる水草かな　水原秋櫻子》

【蘆の角《あしのつの》】仲春　イネ科多年草　花期＝八～十月　**葦牙《あしかび》・蘆の芽・角組む《つのぐ》蘆・蘆の錐《きり》**《水にうく日輪めぐり葦の角　皆吉爽雨《みなよしそうう》》⌘春になると蘆はいっせいに、角のように細く尖った芽を出す。「蘆の角」とはこの芽のことである。蘆の角は生長すると、青々とした二列に互生した葉を出す。これが蘆の若葉である。

【若布《わかめ》】三春　褐藻類コンブ目　**和布《わかめ》・若布刈《わかめがり》・若布刈船《めかりぶね》**《みちのくの淋代《さびしろ》の浜若布寄《よ》す　山口青邨》⌘昆布に似た黄褐色の海藻。二～四月に刈り竿でワカメを刈る。

【鹿尾菜《ひじき》】三春　褐藻類ホンダワラ科　**鹿角菜《ひじき》**《島々は伊勢の神領ひじき干す　長谷川

実作ワンポイント❸

❖おぼえておきたい「一物仕立て」と「取り合わせ」

俳句の作り方には大まかにいうとふた通りある。

きりきりしやんとしてさく桔梗かな　一茶

桔梗《ききこう》や男も汚れてはならず　石田波郷

どちらも桔梗の花を詠んだ句である。一茶の句は桔梗の花の印象を言い留めたもので、波郷の句は、誰かへ呼びかける内容と桔梗とを取り合わせているものだ。

前者が「一物仕立て」、後者はそのまま「取り合わせ」または「配合」と呼ばれる作り方になる。

「きりきりしやんと」は、桔梗のくっきりとした星形の花や涼しげな紫色をずばりと鮮やかに表現。「男も汚れてはならず」は、清廉な心のありようを、桔梗のきりっとした美しさに重ねて見ているのである。

櫂》 ⌘波の荒い海岸の岩礁に付着する褐藻である。水中では黄褐色だが天日で乾かすと黒くなる。

【海雲《もずく》】（もづく） 三春 褐藻類モズク科 **水雲《もずく》・海蘊《もずく》** 《酢もづくが小鉢にありぬ通夜の酒 星野麥丘人《ばくきゅうじん》》 ⌘本州中部から南の波のおだやかな海岸に産する。糸状で暗褐色の海藻で、ぬるぬるしている。

【石蓴《あおさ》】（あをさ） 三春 緑藻類アオサ科 **石蓴採り** 《神の島ゆたかに石蓴つけにけり 林徹》 ⌘全国各地の沿岸の浅海に生育する緑色の海藻。

【海苔《のり》】 初春 水中の岩石に苔状につく緑藻や紅藻などの総称。**岩海苔・海苔篊《のりひび》・海苔粗朶《のりそだ》・海苔掻く・海苔干す** 《海苔粗朶にこまやかな波ゆきわたり 下田実花》 ⌘一般的には浅草海苔と呼ばれる甘海苔をさす。

夏

【余《よ》花《か》(わくよ)】初夏 初夏の青葉若葉の中に咲き残る桜の花のこと。**若葉の花・青葉の花**《仔馬には里初めてや余花白き　大須賀乙宇《おつじ》》⌘俳句では「残花」は春、「余花」は夏、とされている。やや寒いところや高い山などで、初夏に遅れて咲いている桜の花のことである。

【葉《は》桜《ざくら》】初夏 花びらが散りはじめ、若葉が芽吹いて緑が濃くなる頃までの桜。**花は葉に**《葉ざくらや人に知られぬ昼あそび　永井荷風》⌘桜は花が散り終わると、葉が出始め、五月にはみずみずしい若葉の緑が濃くなって美しい。

【桜《さくら》の実《み》】仲夏 桜の花のあとにつく実。**実桜**《山桜実をもてはやす鳥もなし　彫　棠》⌘桜には桜桃(サクランボ)のように食用となる果実をつける種類と、染井吉野や山桜のように、花を愛でる種類がある。染井吉野や山桜の実は酸味と渋味があっておいしくない。

【薔《ば》薇《ら》】初夏 バラ科常緑低木　花期＝五〜六月／九〜十一月　**薔薇《そうび》・白薔薇・薔薇園・**

薔薇垣《薔薇園のすべての薔薇を捧げたし　遠藤若狭男》⌘バラには「一季咲き」「返り咲き」「四季咲き」などの品種があるが、俳句ではバラは「一季咲き」の開花する初夏の季語とする。

【牡《ぼ》丹《たん》】 初夏　ボタン科落葉低木　花期＝五月　**ぼうたん・富貴草《ふうきぐさ》・白《はく》牡丹・緋牡丹・牡丹園《ぼたんえん》**《白牡丹といふといへども紅《こう》ほのか　高浜虚子》⌘「百花の王」「百花の神」と呼ばれるにふさわしく、見事な大輪花を咲かせる。

【紫陽花《あじさい》（あぢさゐ）】 仲夏　ユキノシタ科落葉低木　花期＝六〜七月　**四葩《よひら》・七変化《しちへんげ》・額《がく》の花・額《がく》紫陽花**《紫陽花や白よりいでし浅みどり　渡辺水巴《すいは》》⌘紫陽花は白、淡緑、紫、淡紅と花の色を変えるので「七変化」という異名がある。傍題の「四葩」は花弁の四枚の萼が目立つことから。

【石楠花《しゃくなげ》（しゃくなげ）】 初夏　ツツジ科常緑低木　花期＝五〜六月　**石南花《しゃくなげ》**《石楠花や谷をゆるがす朝の鐘　水原秋櫻子》⌘枝の先に、ツツジに似た大形で美しい花がかたまって咲くので、見る者は強く惹きつけられる。

【百日紅《さるすべり》】 仲夏 ミソハギ科落葉小高木　花期＝七～十月　**百日紅《ひゃくじつこう》・白さるすべり**　《咲き満ちて天の簪《かんざし》百日紅　阿部みどり女》⌘百日以上も花が咲き続けるのでこの名前に。盛夏になると街に花が少なくなるので、長く咲き続ける本種は夏の花木として愛されている。

【梔子《くちなし》の花《はな》】 仲夏 アカネ科落葉低木　花期＝六～七月　《今朝咲きし山梔子の又白きこと　星野立子》⌘クチナシは「口なし」で、本種の実は熟しても裂開しないために「(実が) 開く口がない」のでこの名に。

【杜鵑花《さつき》】 仲夏 ツツジ科半常緑低木　花期＝五～七月　《庭石を抱てさつきの盛りかな　嘯山《しょうざん》》⌘ツツジとよく似ている。見分けのポイントは新芽で、本種は新芽が伸びてから開花するが、ツツジは開花後に新芽が伸びる。

【繍線菊《しもつけ》】 初夏 バラ科落葉低木　花期＝五～八月　《繍線菊やあの世へ詫びにゆくつも

り　古舘曹人《そうじん》》⌘最初に発見された場所が、下野の国（栃木県）なのでこの名に。木なのだが、主幹がないので、一見、草に見える。

【金雀枝《えにしだ》】 初夏　マメ科落葉低木　花期＝四～五月　**金雀花《えにしだ》**　《金雀枝の黄金焦げつつ夏に入る　松本たかし》⌘黄金色の蝶形の花が群れて咲く様子を金色の雀に見立てて「金雀枝」と書く。

【泰山木《たいさんぼく》の花《はな》】 初夏　モクレン科常緑高木　花期＝五～六月　《泰山木咲いて潮の土佐の国　森 澄雄》⌘樹高が二十メートルにもなる巨木で、初夏から梅雨にかけて大形の白い花を咲かせる。ルイジアナ州とミシシッピー州の州花になっている。公園などで見かける。

【夾竹桃《きょうちくとう》（けふちくたう）】 仲夏　キョウチクトウ科常緑低木　花期＝六～十月　《夾竹桃燃ゆ広島も長崎も　関口比良男》⌘広島・長崎の両市では、原爆投下後も本種が花を咲かせ続けたので復興の象徴的存在である。

夏

【南天《なんてん》の花《はな》】仲夏　メギ科常緑低木　花期＝六〜七月／果期＝十一〜二月　**花南天**　《南天の花咲く鎖樋《くさりとひ》のそば　柴田白葉女》　⌘中国での名前「南天竹」が由来。「竹」を省略し、音読みしてナンテンに。円錐状の白い花である。

【凌霄《のうぜん》の花《はな》】晩夏　ノウゼンカズラ科蔓性落葉樹　花期＝七〜八月　**凌霄花《のうぜん》・凌霄《のうぜん》・のうぜんかづら**　《凌霄やギリシャに母を殺めたる　矢島渚男》　⌘夏を代表する花木の一つ。漢字名の「霄」の字は、空や雲の意味。本種は雲を凌ぐように上へ上へと伸びていくので「凌霄」という名に。

【梯梧《でいご》の花《はな》】三夏　マメ科落葉高木　花期＝四〜五月　**海紅豆《かいこうず》**　《海彦とふた夜寝たり花でいご　小林貴子》　⌘沖縄県の県花で、沖縄ではほぼ周年咲いている。真紅の花は燃えんばかりで情熱的である。

【仏桑花《ぶつそうげ》（ぶっさうげ）】晩夏　アオイ科常緑低木　花期＝七〜十月　**ハイビスカス**　《母子像もハイビスカスの花も詠む　後藤夜半《やはん》》　⌘ハイビスカスのことで、ハワイの州花として知られる。「仏桑花」は、中国名の「扶桑」に花を加えた「扶桑花」が変化したものとされる。

【茉莉花《まつりか》（茉莉《まつり》花《くわ》）】晩夏 モクセイ科常緑低木 花期＝七〜八月 **ジャスミン** 《茉莉花や風のみちびく如来堂 深谷雄大》⌘「ジャスミン」は、モクセイ科ソケイ属の総称で、世界に約三百種あり、その中の一種で、ジャスミン茶に使用される種であるアラビアジャスミンが本種のことである。

【花橘《はなたちばな》】仲夏 ミカン科多年草 花期＝五〜六月 **橘の花** 《行きすぎて橘かをる御門かな 野村泊月《はくげつ》》⌘名は「花の咲いている橘」の意味。タチバナの標準和名はニホンタチバナ。柑橘類のなかで唯一の日本現生種。果実には芳香があるが、酸味が強くて食べられない。古来、日本人に親しまれてきた木で、文化勲章はタチバナと曲玉《まがたま》のデザイン。

【蜜柑《みかん》の花《はな》】初夏 ミカン科常緑高木 花期＝五〜六月 **花蜜柑・柚子《ゆず》の花** 《太陽がいま

夏

紀伊にあり花蜜柑　木内彰志》⌘現在では、ミカンといえばウンシュウミカンをさす。中国の温州にちなんでの名前だが、近年のゲノム解析の結果、親はキシュウミカンとクネンボ(九年母)であることがわかった。蜜柑や柚子など柑橘類の花は白く清楚で、爽やかないい香りがする。どこか郷愁を誘う花である。

【栗《くり》の花《はな》】仲夏　ブナ科落葉高木　花期＝六月　**花栗**　《世の人の見付ぬ花や軒の栗　芭蕉》⌘六月頃、黄白色の花が垂れて咲く。独特の青臭いにおいを漂わせるので、すぐにそれとわかる。

【柿《かき》の花《はな》】仲夏　カキノキ科落葉高木　花期＝五～六月　《柿の花笑うて落ちてゆきにけり　保坂敏子》⌘雨に濡れて光る葉の陰で、淡黄色の小さな花を控えめに咲かせる。

【石榴《ざくろ》の花《はな》】仲夏　ミソハギ科落葉小高木　花期＝六月　**花石榴**　《あかあかと一と夜の旅の花柘榴　石塚友二》⌘梅雨時の曇天の空の下、燃えるように赤く咲いて、人目を引く。

夏

【青《あお》梅《うめ》（あをうめ）】 仲夏 バラ科落葉高木 花期＝二〜三月 **梅の実・実梅《みうめ》** 《青梅を落し後も屋根にゐる 相生垣瓜人《あいおいがきかじん》》 ⌘梅の実は急速に育つので、梅雨前のかたくて青い実を青梅と呼び、梅雨時の黄色く熟した実を実梅と呼ぶ。

【青《あお》柿《がき》（あをがき）】 晩夏 七月頃の、大きくなりはじめた青い柿のこと。《青柿の落つる音なり夜のとばり 坡牛》 ⌘地面に落ちた青柿を見て上を仰ぐと、たくさんの青果が実っていることに気づく。枝を折って生けたりする。

【青胡桃《あおくるみ》（あをくるみ）】 晩夏 晩夏の頃の、まだ実になったばかりの胡桃のこと。**生胡桃・胡桃の花** 《仮の世の仮の色して青胡桃 能村登四郎》 ⌘葉陰からのぞいている未熟な胡桃を青胡桃、生胡桃という。

【木《き》苺《いちご》】 初夏 バラ科落葉低木 花期＝四〜五月 《木苺と答へするどき棘にふれ 田中朗々》 ⌘世界各地に分布する果樹で、食用の栽培種ラズベリーなども加えると種類は四百種以上ある。日本に自生するものを総称して木苺というが、それだけでも五十種はある。モミジイチゴがよく知られている。枝には棘が多い。

【青葡萄《あおぶどう》（あをぶだう）】 晩夏 青々としてまだかたい、夏の葡萄のこと。《童の手とどく高さの青葡萄　村上杏史》⌘青葡萄は古くから夏らしさを運ぶ花材として、茶花や生け花に用いられてきた。まだ熟していない青葡萄は、いかにも涼しげである。

【青林檎《あおりんご》（あをりんご）】 晩夏 リンゴの早生種「祝《いわい》」を早採りしたもの。《おのづから雲は行くもの青林檎　友岡子郷》⌘「祝」は熟すと甘みが増して味が良くなるが、貯蔵があまりきかないため、青い間に早出しされる。夏の暑い盛りに、酸味の強い味は爽快で人気がある。

【楊《やま》梅《もも》】 仲夏 ヤマモモ科常緑高木　花期＝三〜四月　**山桃・やまうめ**　《農繁期楊梅に子らよぢのぼる　阿波野青畝《せいほ》》⌘山地に生育して、桃のような実（もしくは葉）をつけるのでこの名に。

【さくらんぼ】 仲夏 バラ科落葉高木　花期＝三〜四月　**桜桃《おうとう》の実《み》・桜桃**　《さくらんぼ

洗ふ間近に子の睫毛《まつげ》　花谷和子》⌘「桜桃」は食用となる果実をつけるサクラの総称で、桜桃という果樹があるわけではない。プチッとした歯ごたえと甘酸っぱい味が、爽やかに夏の訪れを告げてくれる。

【山桜桃《ゆすら》の実《み》】仲夏　バラ科落葉低木　花期＝五月　**山桜桃《ゆすらうめ》・英桃《ゆすらうめ》**《嫁ぎてもあまへに来る娘ゆすらうめ　松尾いはほ》⌘六月頃にさくらんぼよりひと回り小さい赤い果実を枝いっぱいにつける。実は甘酸っぱくて美味しい。

【李《すもも》】仲夏　バラ科落葉小高木　花期＝四〜五月　**巴旦杏《はたんきょう》**《日輪は野末に熟るる季畑　斎藤道子》⌘栽培品種が多く、現在では改良種の西洋李（プラム）が出回っている。

【杏《あんず》】仲夏　バラ科落葉小高木　花期＝三〜四月　**杏子《あんず》・からもも**《杏落つ喪のかさなりし妻の肩　細川加賀》⌘果実は七〜八月に、赤みがかった黄色に熟す。梅の実より少し大きい。生食するほか、ジャム、シロップ、缶詰などに加工。果実酒にもする。

【枇《び》杷《わ》（びは）】仲夏　バラ科落葉高木　花期＝十一〜二月《枇杷の実を空からとつてくれしひと　石田郷子》⌘果実は橙色で大粒、大きな種が印象的。温帯の果実にしては珍しく冬に花を咲かせる。野ばらのように小さくて美しい花である。

【夏木立《なつこだち》】三夏　夏になって青葉若葉に彩られた木立のさま。**夏木**《塔ばかり見えて東寺《とうじ》は夏木立　一茶》⌘「夏木立」には、聳《そび》え立つ木々の、生気盛んな様子が込められている。樹木の種類は落葉樹のほうがふさわしい。

【新樹《しんじゅ》】初夏　初夏のみずみずしい若葉におおわれた立木をいう。《夜の雲に噴煙うつる新樹かな　水原秋櫻子》⌘「新樹」という言葉は、音感もいいので大正期以降に好んで詠まれるようになった。

【若葉《わかば》】初夏　初夏の新葉・若葉の総称。**谷若葉・里若葉・山若葉・若葉風・若葉雨・若葉寒・若葉冷・柿若葉・常磐木《ときわぎ》の若葉・椎若葉・樫若葉・樟《くす》若葉・若楓《かえで》・青楓**《ざぶざぶと白壁洗ふ若葉かな　一茶》⌘「青葉」に比べて「若葉」は初夏の季節感が濃く、はつらつとした印象がある。

【青葉《あおば》（あをば）】 三夏 初夏の若葉が青々と生い茂るさま。**青葉寒・青葉冷・青葉雨・青時雨・青葉時雨・青葉若葉・青葉山** 《舌を出すアインシュタイン目に青葉　和田悟朗》 ⌘「青葉」には個々の木の名前は冠せずに総括的な表現とすることが多い。「青時雨」「青葉時雨」は雨上がりに、青葉の下を通ると溜っていた滴が時雨のようにはらはらとこぼれることをいう。

【新緑《しんりょく》】 初夏 初夏のはっとするような若葉の緑をいう。**緑・緑さす・緑夜** 《摩天楼より新緑がパセリほど　鷹羽狩行《たかはしゅぎょう》》 ⌘「新樹」は木立をメインとしているが、「新緑」は葉の緑に焦点をあわせている。

【茂《しげり》】 三夏 夏の木の枝葉がうっそうと茂っているさま。**茂み・茂る・結葉《むすびば》** 《たう〳〵と瀑《たき》の落ちこむ茂かな　士朗》 ⌘夏山には日光もささず、雨ももらさない「茂」がある。「新緑」や「新樹」よりも熱気がこもる。

実作ワンポイント④

❖「芭蕉」の話

俳聖と呼ばれる松尾芭蕉は、江戸に庵を構えてから、俳号の一つとして「芭蕉」を名乗るようになった。

庵に芭蕉が植えられていて、その珍しい姿を面白がったからだという。

「芭蕉」は中国原産の大型多年草である。草でありながら、丈は五メートルに及ぶこともあり、葉の長さは二メートル以上になる。

夏の青々とした芭蕉は涼しげだが、庭木としてなじみがあるとはいえない。しかし、山間の集落などでは、蓮の葉の代用品にするため植えられることもあったようである。

また、芭蕉の花と蓮の花は似ているとは思えないが、花を包む苞《ほう》が花びらに見えなくもない。

蓮の花を育てるのが難しい傾斜地では、芭蕉を蓮に見立てたのかもしれない。

少なくとも俳句の世界では、「青芭蕉」や「芭蕉の花」は夏、「破芭蕉」は秋、「枯芭蕉」は冬として親しまれ、詠まれてきた。

また、芭蕉の葉鞘《ようしょう》の繊維から作る芭蕉布（これも夏の季語）は沖縄や奄美大島の特産品で大変高価なものである。

【万緑《ばんりょく》】 三夏 夏の盛りの、満目《まんもく》（見わたすかぎり）の草木の緑。《万緑の中や吾子の歯生え初むる　中村草田男》⌘「万緑」は、みなぎる生命感をイメージさせる、力強くスケールの大きな語である。中村草田男が初めて用いた。

【木下闇《こしたやみ》】 三夏 夏木立がうっそうと茂って、木の下は昼とは思えない暗いさま。**木《こ》の下闇《したやみ》・下闇《したやみ》・青葉闇《あおばやみ》・木《こ》の暗《くれ》**《下闇や牛尻向け居通られず　野村喜舟》⌘日差しが照りつける道から急に樹木の陰に入ると、目が慣れず、一瞬、闇を実感する。

【緑蔭《りょくいん》】 三夏 晴れた日の初夏の日差しの中、緑したたる木立の陰。《緑蔭に三人の老婆わらへりき　西東三鬼》⌘例句は井の頭公園で詠まれた。「緑蔭」は「木下闇」に比べると語感はずっと明るい。木蔭には木漏れ日が縞模様をつくっている。

【葉柳《はやなぎ》】 初夏 夏の緑したたる柳。**夏柳《なつやなぎ》**《葉柳の寺町過ぐる雨夜かな　白雄》⌘盛夏、水辺に垂れた柳が風になびくさまは、見る者に清涼感を与える。

【梧桐《あおぎり》（あをぎり）】 三夏 アオイ科落葉高木　花期＝五〜七月　**青桐《あおぎり》**《青桐の三本の影かた

まりぬ　野村喜舟》⌘葉が桐に似ていて、幹の皮が緑色であることからこの名に。樹高は十五メートルほど。まっすぐに伸びる緑色の若々しい幹と大きな葉がすがすがしい。

【土用芽《どようめ》】晩夏　夏の土用の頃に出る木の新芽。**土用の芽**《土用芽の星のごとくつらなれる　山口青邨》⌘初夏や梅雨の冷えで生長がはばまれたものの、土用に入って好天に恵まれて、芽吹く場合がある。

【病葉《わくらば》】三夏　青葉の頃に、害虫に蝕まれたりして、赤や黄色に変色して朽ち落ちる木の葉のこと。《病葉のいささか青み残りけり　野村喜舟》⌘「わくらば」は万葉、古今以来の古語だが語源は未詳。

【常磐木落葉《ときわぎおちば》（ときはぎおちば）】初夏　松や杉、椎などの常緑樹が、初夏から新葉がそろうにつれて、昨年の古い葉を落としてゆくこと。**杉落葉・樫落葉・椎落葉・松落葉・散松葉・夏落葉**《山蛙《やまかはづ》常盤木落葉時しらず　臼田亜浪》⌘落葉樹のようには音をたてない、静かな落葉なので目立たず、あるときふと古葉が散っていることに気づく。

【**卯《う》の花《はな》**】初夏　アジサイ科落葉低木　花期＝五〜七月　**空木の花・花うつぎ・姫うつぎ・卯の花垣**　《卯の花や流るるものに花明り　松本たかし》　⌘ウノハナは「ウツギの花」の略称。「ウツギ」とつく花はたくさんあるが、本来は初夏の風物詩として、二センチほどの白い花を房のようにおびただしくつける「ウツギ」をいうものである。

【**茨《いばら》の花《はな》**】初夏　バラ科落葉低木　花期＝五〜六月　**花茨・花うばら・野茨の花**　《愁ひつゝ岡にのぼれば花いばら　蕪村》　⌘上記の例句が萩原朔太郎に「近代に通ずる叙情」と推奨されたため、この花が現代の俳人たちにも多く詠まれるようになった。

【**桐《きり》の花《はな》**】初夏　キリ科落葉高木　花期＝五〜六月　**花桐**　《熊野路に知る人もちぬ桐の花　去来》　⌘家紋として使われるなど、昔から高貴な花として扱われてきた。原産地である中国では鳳凰が止まる木とされた。鳳凰は吉兆として現れる伝説上の鳥である。

【朴《ほお》の花《はな》（ほほのはな）】 初夏　モクレン科落葉高木　花期＝五〜六月　**厚朴《ほお》の花**　《朴咲くや津軽の空のいぶし銀　沢木欣一》⌘初夏の頃、大きな葉の間にクリーム色の大輪花をつける。

【橡《とち》の花《はな》】 初夏　ムクロジ科落葉高木　花期＝五〜六月　**栃の花・マロニエの花**　《仰ぎ見る樹齢いくばくぞ栃の花　杉田久女》⌘街路樹で見かけるトチノキは、ヨーロッパ原産のセイヨウトチノキ（マロニエ）とベニバナトチノキ（セイヨウトチノキとアカバナトチノキの交雑種）が多い。日本原産のトチノキは日本全土に分布し、主に山地に自生する。トチノキの葉は天狗の団扇を思わせる大型の掌状複葉、花序はクリーム色で円錐形をしている。自生しているものは樹高も高くよく目立つ立派な木である。

【棕櫚《しゅろ》の花《はな》】 初夏　ヤシ科常緑高木　花期＝五〜六月　**棕梠の花**　《梢より放つ後光やしゅろの花　蕪村》⌘公園樹や庭木として植えられているが、花は巨大な魚卵か鮨種のウニ（卵巣）のようで、美しいとはいえない。棕櫚の木の幹には毛苞と呼ばれる獣の毛のようなものがついている。冬になると縄や束子などの材料としてこれを剥いだために庭に植えられていた。「棕櫚剥ぐ」は冬の季語になっている。

【水木《みずき》の花《はな》（みづきのはな）】 初夏 ミズキ科落葉高木 花期＝五月 《花咲きて水木は枝を平らにす 八木澤高原《こうげん》》 ⌘樹液が多いので、枝を切ると水がしたたり落ちるところからこの名になった。枝を扇状に広げるので、花が咲くとまるで雪をのせたようになる。

【山法師《やまぼうし》の花《はな》（やまぼふしのはな）】 晩夏 ミズキ科落葉高木 花期＝五～七月 **山法師** 《朝鳥に花ちりばめつ山法師 水原秋櫻子》 ⌘地味でどことなく寂しげな感じがするが、趣のある花なので最近は人気のシンボルツリーとなっている。山法師は落葉樹だが、常緑山法師という種類もある。どちらも実は食べられる。

【忍冬《すいかずら》の花《はな》（すひかづらのはな）】 初夏 スイカズラ科半常緑蔓性木本 花期＝五～六月 **忍冬・忍冬《にんどう》・金銀花《きんぎんか》** 《蚊の声す忍冬の花の散るたびに 蕪村》 ⌘冬になるとまるで寒さで背中を丸める人のように葉を丸めるので、「冬を忍ぶ」ということで「忍冬《にんどう》」などと呼ばれる。

【アカシアの花】初夏 マメ科落葉高木 花期＝五〜六月 **花アカシア・針槐《はりえんじゅ》・ニセアカシア**《いつも日暮アカシアの花仰ぐのは 石田郷子》⌘唱歌「この道」や歌謡曲「アカシアの雨がやむとき」で歌われているアカシアはニセアカシア（ハリエンジュ）のこと。通称ミモザと呼ばれている木こそが本物のアカシアである。

【楝《おうち》の花《はな》（あふちのはな）】初夏 センダン科落葉高木 花期＝五〜六月 **樗《おうち》の花・花楝《はなおうち》・栴檀《せんだん》の花**《むら雨《さめ》や見かけて遠き花樗 白雄《しらお》》⌘例句の「どむみり」とは、空がどんよりと曇っているさま。平安時代以降、公家社会では夏に着る表が藤色で裏が青色の衣服を「楝」と呼んだ。本種が夏に藤色の花を咲かせるので、楝になぞらえてこの名に。

【黐《もち》の花《はな》】初夏 モチノキ科常緑高木 花期＝一〜四月《黐ちるや蟇《ひき》こもりゐる垣の下 村上鬼城》⌘かつては「鳥黐《とりもち》」を使って鳥や昆虫を捕まえていた（現在、その猟法は禁止されている）。本種の樹皮がその鳥黐をつくる原料になっていた。

【椎《しい》の花《はな》（しひのはな）】仲夏 ブナ科常緑高木 花期＝五〜六月《椎の香に溺るるばかり森を

抜け　伊藤トキノ》　シイノキは日本の照葉樹林の代表的な樹木の一つ。庭木として植栽される。神社や寺院の境内で樹齢四百年以上になる本種の大木をよく見かける。

【えごの花】 仲夏　エゴノキ科落葉小高木　花期＝五〜六月　《えごの花地に叩きつけ雷雨過ぐ　堀 古蝶》　⌘エゴノキの花のこと。この木の果実を口に入れるとのどが刺激されてエグイ・エゴイ感じがするのでこの名に。

【合歓《ねむ》の花《はな》】 晩夏　マメ科落葉高木　花期＝六〜七月　**ねぶの花・花合歓**　《花合歓の峠越えゆく薬売り　佐川広治》　⌘ネムノキの花のこと。花弁は小さいので目立たず、目立つのは長さ四センチほどの糸のような雄しべで、これが紅色で美しい。

【沙羅《しゃら》の花《はな》（しゃらのはな）】 晩夏　ツバキ科落葉高木　花期＝六〜七月　**沙羅《さら》の花・夏椿・姫沙羅《ひめしやら》**　《踏むまじき沙羅の落花のひとつふたつ　日野草城》　⌘木の肌に光沢があり、七月頃にツバキに似た白い大形の花を咲かせるので、庭木として好まれる。一日花で翌朝には花が落ちる。その潔さを詠んだ句は多い。

【玫瑰《はまなす》】晩夏　バラ科落葉低木　花期＝六〜八月　**浜茄子・浜梨**《玫瑰や舟ごと老ゆる男たち　正木ゆう子》⌘本種が北海道の真っ青な海を背景に咲く美しさは格別である。野付《のつけ》半島に群生する本種のことは抒情歌「知床旅情」でも歌われている。

【桑《くわ》の実《み》（くはのみ）】仲夏　クワ科落葉高木　花期＝四〜五月　**桑いちご**《桑の実に田舎育ちの目さとく　石川星水女《せいすいじょ》》⌘養蚕が盛んだった時代は広く栽培され、キイチゴに似た桑の実は子どもたちのおやつだった。近年はジャムや果実酒などに利用され、郊外ではよく見かける。

【竹落葉《たけおちば》】初夏　一般の草木とは逆に、春に葉が黄変し始め、初夏に新葉が出て古い葉が枯れ落ちること。《竹の葉の降りつもりけり小柴垣　蝶夢》⌘初夏に竹林を見ると地面は竹落葉に覆われている。

【竹《たけ》の皮脱《かわぬ》ぐ（たけのかはぬぐ）】初夏　筍が生長するにつれて、その皮を下のほうから脱いでいくこと。**竹皮を脱ぐ・竹の皮**《竹皮を脱ぐみづうみのしづかな日　西村信男》⌘不用となった皮を脱ぎつつ生長し、すべての皮を落とすと、健やかな若竹となる。皮の多いものほど、丈夫な竹になるといわれている。

【若竹《わかたけ》】仲夏 筍が皮を脱ぎつつ生長し、盛夏に入って、竹らしい姿をととのえたさま。**今年竹**《今年竹空をたのしみはじめけり　大串　章》⌘若竹（今年竹）は幹も葉も緑がみずみずしいので一目でわかる。

【燕子花《かきつばた》】仲夏 アヤメ科多年草　花期＝五～六月　**杜若《かきつばた》**《よりそひて静なるかなかきつばた　高浜虚子》⌘本種を描いた尾形光琳の屏風絵がよく知られている。花の姿が飛燕を思わせるので「燕子花」という文字を当てたといわれる。

【渓蓀《あやめ》】初夏 アヤメ科多年草　花期＝五～七月　**野あやめ・花あやめ**《にさんにちむすめあづかりあやめ咲く　室生犀星》⌘ハナショウブやカキツバタに比べると花がやや地味。紫色の花弁の付け根が黄色で、そこに網目模様があるのが特徴。

【花菖蒲《はなしょうぶ》（はなしやうぶ）】仲夏 アヤメ科宿根草　花期＝六月　**白菖蒲《しろしょうぶ》・野花菖蒲《のはなしょうぶ》・菖蒲園《しょうぶえん》・菖蒲田《しょうぶた》**

《女傘借りて見てをり花菖蒲　清水基吉》⌘葉が菖蒲の葉に似ていて、美しい花を咲かせることからこの名に。端午の節句に使われる菖蒲はサトイモ科で葉には芳香があり、花は細かい黄緑色のものを穂のようにつける。ゆえに、花菖蒲を「菖蒲の花」とは詠まないので注意が必要である。

【菖蒲《しょうぶ》（しやうぶ）】 仲夏　サトイモ科多年草　花期＝五～七月　**白菖《しょうぶ》・あやめぐさ**　《目のまへの暮れゆく雨の菖蒲かな　西山誠》⌘あやめ類（アヤメ科の花菖蒲、杜若、鳶尾草、黄菖蒲）は似ているので区別がむずかしい。本種はアヤメ類によく似ているが、本種だけはサトイモ科だから区別しやすい。花は美しいとはいえないが、葉や茎に香気があり、邪気を払うとして五月の節句に風呂の湯に入れたりする（菖蒲湯）。

【グラジオラス】 晩夏　アヤメ科多年草　花期＝五月　《グラジオラス妻は愛憎鮮烈に　日野草城》⌘葉の形が剣状で、ラテン語の「小剣」という単語の短縮形がグラジオラスであることから、この名がついたといわれる。

【鳶尾草《いちはつ》】仲夏　アヤメ科多年草　花期＝五〜六月　一八《いちはつ》《小家葺《ふい》て一八さきぬ二三本　三及》⌘アヤメ属の中で一番先に咲くからこの名に、という説がある。

【芍《しゃく》薬《やく》（しゃく・やく）】仲夏　ボタン科多年草　花期＝六〜八月《芍薬のつんと咲きけり禅宗寺　一茶》⌘「立てば芍薬、座れば牡丹」ということわざは、牡丹が低木性で横に広がるのに対して、芍薬は草本だからまっすぐに立って花をつけるところからきたとされる。

【ダリア】晩夏　キク科球根性多年草　花期＝六〜七月／九〜十一月　天竺牡丹《てんじくぼたん》・ポンポンダリア《千万年後の恋人へダリヤ剪《き》る　三橋鷹女》⌘園芸品種が三万以上にもなる、花が大きくて美しい、鮮烈な印象の夏の花。

【サルビア】晩夏　シソ科一年草・多年草　花期＝七〜十月《青春にサルビアの朱ほどの悔い　岩岡中正》⌘歳時記によっては秋の季語としているものもある。観賞用のものは秋のサルビアの花が最も美しい。

実作ワンポイント⑤

❖俳句は感動した時だけでなく、「作っている過程での感動」で作れることが多い

俳句は何かに感動した時に作るべきものだ――そう思っている人が多いかもしれない。しかし、経験上、特に何かに感動したという自覚がなくて句会などの場で俳句を作ることのほうが多い。

不思議なことに、情景を描写したり、季語から連想したりして俳句を作っているうちに、何かしら心が動いてくるものらしい。その心の動きをことばで追ってゆくのも、作句の一つの方法である。

感動したから俳句を作るのではなく、俳句を作る過程において感動が生まれ、その感動が俳句を作らせることもある。

【向日葵《ひまわり》】晩夏　キク科一年草　花期＝七〜九月　**日車《ひぐるま》・日輪草《にちりんそう》・天蓋花《てんがいばな》**　《向日葵やものゝあはれを寄せつけず　鈴木真砂女》　⌘「花が太陽に向かって咲き、太陽の動きに従って回る」といわれていたが、実際は、成長期には太陽に向いて動くが、花の時期には動かない。

【葵《あおい》（あふ《ひ》）】仲夏　アオイ科一、二年草　花期＝七〜八月　**花葵・銭葵・立葵**　《門に待つ母立葵より小さし　岸風三樓《ふうさんろう》》　⌘アオイという固有の種はないが、最近はアオイというとタチアオイのことをさすことが多い。

【罌粟《けし》の花《はな》】初夏　ケシ科二年草　花期＝三〜六月　**芥子《けし》の花・白芥子《しろげし》・ポピー・芥子畑・罌粟坊主《けしぼうず》**　《芥子咲いて其日の風に散りにけり　正岡子規》　⌘園芸的に栽培されているのはヒナゲシ、アイスランドポピー、オニゲシの三種。白果種はアヘンができるので、栽培が禁止されている。なお、罌粟坊主は花後につける球形の実のこと。

【雛罌粟《ひなげし》】三夏　ケシ科一年草　花期＝四〜六月　**虞美人草《ぐびじんそう》**　《夜明けいま雛罌粟浄土湖《うみ》

の風　古賀まり子》　⌘虞美人草の名は、中国の武将・項羽が劉邦の軍に攻め滅ぼされたときに、愛妃・虞美人が自殺し、流れた血から本種の花が咲いた、との伝説から。

【矢車草《やぐるまそう》（やぐるまさう）**】** 仲夏　キク科一年草　花期＝四〜五月　**矢車菊**　《清貧の閑居矢車草ひらく　日野草城》　⌘正しい名前は「矢車菊」だが、「矢車菊」を使った句は少なく、「矢車草」の使用が多い。これは、同じ六音でも「草」のほうが収まりやすいからだろう。

【孔雀草《くじゃくそう》（くじやくさう）**】** 晩夏　キク科一年草・多年草　花期＝七〜十月　**波斯菊《はるしゃぎく》・蛇の目草**　《孔雀草借家ながらも住みよかり　松藤夏山》　⌘空き地などで野生化しているのを見かける。花はコスモスに似ている。花色は鮮黄色。花の基部に蛇の目模様が入るので蛇の目草とも呼ばれる。

【石《せき》竹《ちく》】 仲夏　ナデシコ科多年草（園芸上は一年草）　花期＝六〜七月　**唐撫子《からなでしこ》・常夏《とこなつ》**　《石竹の小さき鉢を裏窓に　富安風生》　⌘古くは「中国から渡来したナデシコ」という意味で、唐撫子と呼ばれた。「撫子」は〝撫でて愛しむもの〟の意で、古くからナデシコ類の花は愛らしい植物の代表として親しまれている。

【カーネーション】 初夏 ナデシコ科多年草　花期＝七〜八月　**和蘭石竹《オランダせきちく》・和蘭撫子《オランダなでしこ》**《いっぽんは姑《しうとめ》のためカーネーション　櫂 未知子》⌘「母の日」に赤いカーネーションを母に贈る習慣がアメリカから入って、今は完全に定着している。

【睡《すい》蓮《れん》】 晩夏 スイレン科多年草　花期＝六〜一月　**未草《ひつじぐさ》**《睡蓮に問う雨の日のモネの起居　伊丹三樹彦》⌘花が午後二時（未の刻）に開くといわれ、「未草」とも呼ばれている。睡蓮の花は大きくさまざまな色があるが、日本に自生するヒツジグサは直径五センチ程度と小型で色は白である。

【蓮《はす》の浮葉《うきは》】 仲夏 初夏に蓮が根茎から若葉を出して、その葉をしばらく水面に浮かべること。**蓮の葉・浮葉・蓮の巻葉**《いっぺんに水のふえたる浮葉かな　千葉皓史》⌘池沼の蓮が若葉を広げた光景はまことに爽やかである。

【蓮《はす》の花《はな》】 晩夏 ハス科多年草　花期＝七〜八月　**はちす・白蓮《びゃくれん》・紅蓮《べにはす》・蓮華《れんげ》・蓮池《はすいけ》**《薫

香と蓮の香朝の御堂より　松波はちす》⌘花後、如雨露の形をした花床から二十個くらいの種子が落ちて穴ができ、花床が蜂の巣のように見えるのでハチノス→ハチス→ハスというのが本種の名の由来。仏教とかかわりが深い花とされる。

【百合《ゆり》】 仲夏 ユリ科多年草　花期＝五～八月　**鉄砲百合・鬼百合・姫百合・鹿の子百合・山百合・笹百合・白百合・カサブランカ**　《百合折らむにはあまりに夜の迫りをり　橋本多佳子》⌘「ユリ」という名の植物はなく、ユリはユリ属の総称。日本はユリ大国で、世界でも最もユリの種類が多い国とされている。十五種が日本に自生、うち七種は日本特産種である。

【含羞草《おじぎそう》（おじぎさう）】 晩夏 マメ科多年草　花期＝七～九月　**眠草《ねむりぐさ》**　《含羞草いつも触れゆく看護婦あり　石田波郷》⌘草丈は十～三十センチくらいで、茎に細毛と棘がある。ちょっと触れるとすぐに小葉をたたみ、さらに強く触れると葉柄の根元から折れたように垂れさがる。葉は、夜になると葉を閉じる合歓の木に似ている。最近、この草をあまり見かけなくなった。

【金魚草《きんぎょそう》（きんぎよさう）】仲夏 ゴマノハグサ科多年草　花期＝四〜六月《金魚草よその子すぐに育ちけり　成瀬櫻桃子》⌘花の形が金魚に似ているのでこの名前がつけられた。花びらはやわらかく独特の芳香がある。

【花魁草《おいらんそう》（おいらんさう）】晩夏 ハナシノブ科多年草　花期＝六〜九月　草夾竹桃《くさきょうちくとう》《花魁草一村朽ちて颪の中　関戸靖子》《花魁草老《おい》が咲かせて色やさし　古賀まり子》⌘花かんざしに似ていたり、花の香りが花魁のおしろいに似ているのでこの名に。強健で栽培しやすく、植え込みなどに用いられている。盛夏の花の少ない時期に花壇などで咲いているのを見かける。一度植えておけば、永年花を咲かせる。

【松葉牡丹《まつばぼたん》】晩夏 スベリヒユ科一年草　花期＝六〜九月　日照草《ひでりそう》・爪切草《つめきりそう》《松葉牡丹ぞくぞく咲けばよきことも　山崎ひさを》⌘葉が肉質で、花が小さいながらも牡丹に似ているのでこの名に。日が照らないと咲かないので「日照草」、茎を爪で切って土に挿しても根付くので「爪切草」、という二つの別名もある。

【仙人掌《さぼてん》の花《はな》】晩夏　多年生多肉植物　花期＝七〜八月　**覇王樹《さぼてん》・月下美人・女王花**　《仙人掌の針の中なる蕾かな　吉田巨蕪》　⌘本種のしぼり汁はシャボン（石けん）と同じ効果があるところから、「シャボン」が転訛してこの名になったといわれる。

【アマリリス】仲夏　ヒガンバナ科　球根植物　花期＝四〜六月　《温室《むろ》ぬくし女王の如きアマリヽス　杉田久女》　⌘植物学上はアマリリスではなくて、熱帯アメリカ原産のヒッペアストラムを園芸改良したもの。誤ってつけられた旧学名が園芸名として通っている。ユリに似た大きな花を咲かせる。花は蕾のときは上を向き、開くと横向きになる。

【日日草《にちにちそう》（にちにちさう）】三夏　キョウチクトウ科一年草　花期＝七〜十一月　《大事より小事重んじ日々草　伊丹三樹彦》　⌘暑さで街に花が少なくなる盛夏でも、毎日新しい花を咲かせるところからこの名に。

【百日草《ひゃくにちそう》（ひゃくにちさう）**】** 晩夏 キク科一年草　花期＝七〜十月　《百日草百日の花怠らず　遠藤梧逸《ごいつ》》　⌘サルスベリが夏の間に百日間花を咲かせているために「百日紅」と呼ばれているので、本種も百日間花を咲かせるためにこの名前がつけられた。

【鬼灯《ほおずき》の花《はな》（ほほづきのはな）**】** 仲夏 ナス科多年草　花期＝六〜七月　**酸漿《ほおずき》の花・青鬼灯《あおほおずき》・青酸漿《あおほおずき》**　《鬼灯の一つの花のこぼれたる　富安風生》　⌘花はナス科の野菜の花に共通の星形で白い。七月に東京・浅草寺で開かれる鬼灯市では花のついた鉢植えの鬼灯が売られる。

【鉄線花《てっせんか》（てつせんくわ）**】** 初夏 キンポウゲ科常緑蔓性植物　**てっせんかづら・クレマチス**　《鉄線を咲かせすぎ父細り居る　鍵和田秞子》　⌘蔓が細くてかたくてまるで鉄線のように強いのでこの名前に。

【紅《べに》花《ばな》】 仲夏 キク科一年草または越年草　花期＝六〜七月　**紅粉花《べにばな》・紅の花**　《月山《がっさん》へつぎはぎの雲紅の花　藤田あけ烏》　⌘昔、紅色の原料にされたり、花の色が紅色であることからこの名に。花は全体にアザミに似ている。

【玉巻《たまま》く芭蕉《ばしょう》（たまま<ばせう）】 初夏 バショウ科多年草 花期＝七〜九月 **芭蕉の巻葉・玉解く芭蕉・青芭蕉・芭蕉の花・花芭蕉** 《唐寺《からでら》の玉巻芭蕉肥りけり 芥川龍之介》 ⌘五月頃、若葉はかたく巻いたまま直立しているが、やがてほぐれて四方に広がる。このだんだんとほぐれる様子を「玉解く芭蕉」という。

【苺《いちご》】 初夏 バラ科多年草 花期＝三〜五月 **覆盆子《いちご》・苺狩・野苺・草苺・苺畑・苺摘** 《青春のすぎにしこゝろ苺食ふ 水原秋櫻子》 ⌘春に白い花を咲かせ、実は夏に赤く熟す。日本にも野生種の苺があったが、今では苺といえば食用のオランダイチゴ（西洋いちご）のことをさす。

【瓜《うり》の花《はな》】 初夏 ウリ科蔓性一年草 花期＝七〜八月 《雷に小屋は焼かれて瓜の花 蕪村》 ⌘季語で「瓜の花」はおもにマクワウリの花をさしたが、今はキュウリやカボチャなど瓜類全般の花をさすようになった。花の色は黄色か白が多い。

【茄子《なす》の花《はな》】 三夏 ナス科一年草 花期＝四〜十月 《またおちてぬれ葉にとまる茄子の

花　飯田蛇笏》⌘茄子はほとんどの花が結実するので、「親の意見と茄子の花は、千に一つも無駄がない」という諺もある。

【馬鈴薯《じゃがいも》の花《はな》】 初夏　ナス科多年草　花期＝六〜七月　**じやがたらの花・馬鈴薯《ばれいしょ》の花**　《じやがたらの花裾野まで嬬恋村　金子伊昔紅《いせきこう》》⌘ジャワ島のジャガタラから輸入されたのでジャガタラ、また、根の薯《いも》が馬の鈴のように連なっていることが「馬鈴薯」という名前の由来。

【山葵《わさび》の花《はな》】 初夏　アブラナ科多年草　花期＝三〜五月　《山葵田の水うろたへて澄みにけり　古舘曹人《そうじん》》⌘白い四弁の花を摘み、浸し物としても食べられる。

【韮《にら》の花《はな》】 晩夏　ユリ科多年草　花期＝八〜九月　《足許《あしもと》にゆふぐれながき韮の花　大野林火》⌘緑の葉の間にすっと立つ、ニラのあの臭いからは想像もできない、楚々とした花である。韮の花を「ハナニラ」と詠んでもよさそうなものだが、ハナニラという春に咲く別種の植物があり、観賞用だったものが野生化している。これもまた清楚な白い花だが、季語としては認定されていないようだ。

【豌豆《えんどう》(ゑんどう)】初夏 マメ科二年草 花期＝三〜四月 **莢豌豆《さやえんどう》・絹莢《きぬさや》・グリーンピース** 《ひとづまにゑんどうやはらかく煮えぬ 桂 信子》 ⌘三、四月に紫または白の花を開く。白花系は莢《さや》がやわらかい。莢をつけはじめる晩春あたりから、若くてやわらかいものを摘んでゆで、莢《さや》のまま食べる。絹莢はもっともやわらかく料理として好まれる。薄緑の色に初夏の感がある。

【蚕《そら》豆《まめ》】初夏 マメ科一・二年草 花期＝二〜三月 **空豆・はじき豆** 《そら豆はまことに青き味したり 細見綾子》 ⌘莢《さや》が種子が入った状態で空に向かって直立するので、この名に。

【筍《たけのこ》】初夏 イネ科落葉高木 花期＝五〜六月 **笋《たけのこ》・竹の子・たかんな** 《筍を掟のごとく届けもす 中村汀女》 ⌘晩春・初夏の頃に地面に頭を出す。食用とされる竹には、孟宗竹、淡竹《はちく》、若竹などがある。地面にわずかに顔をのぞかせたところを掘って、ゆでて食べる。

【蕗《ふき》】初夏 キク科多年草 花期＝三～五月 **蕗の葉・蕗畑・伽羅蕗《きゃらぶき》** 《母の年越えて蕗煮るうすみどり 細見綾子》 ⌘長い葉柄の皮をむき、アクを抜いてきゃらぶき（ふきを佃煮風に甘辛く仕上げた伝統的な保存食）などにして食べる。

【瓜《うり》】晩夏 ウリ科蔓性一年草 花期＝七～八月 **甜瓜《まくわうり》・真桑瓜《まくわうり》** 《たちまちに海の消えたる瓜畑 綾部仁喜》 ⌘ウリといえばふつうはマクワウリをいい、ラグビーボールのような形のもの、丸いもの、縞のあるものなどいろいろな種類がある。古くから栽培されてきたメロンの仲間だが、メロンほど甘くない。

【夕《ゆう》顔《がお》（ゆふがほ）】晩夏 ウリ科蔓性一年草 花期＝晩夏 **夕顔の花** 《夕顔のひらきかかりて襞ふかく 杉田久女》 ⌘夕顔の花として、観賞用で大輪の夜顔（夜会草）が詠まれることも多いが、本来夕顔の花はウリ科の野菜の花である。夜顔よりは小さいが純白のはかなげな花で美しい。

【茄子《なす》】 晩夏 ナス科一年草　花期＝四〜十月　**なすび・初茄子《はつなすび》・長茄子**　《採る茄子の手籠にきゆァとなきにけり　飯田蛇笏》⌘ナスの花は四〜十月の長期間にわたって次々と咲く。紫色の美しい花で、花が終わらないうちに紫紺色の小さなナスの実をつける。夏から秋に採取したものはやわらかくて味もよく、初なすびと呼ぶ。

【トマト】 晩夏 ナス科一年草　花期＝六月　**蕃茄《ばんか》・赤茄子《あかなす》**　《一片のトマト冷たきランチかな　野村喜舟》⌘南米ペルーの原産。十七世紀に中国から渡来したようだが、最初は好事家《こうずか》が庭などに植える程度だった。食用として栽培されるようになったのは明治の末期あたりからである。

【茗荷《みょうが》の子《こ》（めうがのこ）】 晩夏 ミョウガ科多年草　花期＝七〜九月　《茗荷の子くきと音して摘まれけり　藤木倶子《ともこ》》⌘春先の若芽は「茗荷竹《みょうがたけ》」、夏に出てきた花穂を「茗荷の子」という。両方とも独特の香りがあり、食用とする。

【蓼《たで》】 三夏 タデ科一年草〜多年草　花期＝夏〜秋　《刈りかけて去る村童や蓼の雨　杉

実作ワンポイント⑥

❖俳句を作る時の「決まり事」はルールではなく「基本」
――「破調」にも名句あり

一般的な俳句には「決まり事」がある。

❖季語を一つ入れること

❖五・七・五音の調べをもたせた十七音で作ること

この「決まり事」に則した俳句を「有季定型」の俳句と呼ぶ。

梅が香に／のつと日の出る／山路かな　芭蕉

しかし、「決まり事」はルールというよりは、「基本」であり、必ず守られるものではない。

白梅のあと／紅梅の／深空《みそら》あり　飯田龍太

白梅《はくばい》のほうが早く咲き、散りはじめるころには紅梅《こうばい》が開いて、空の色がいっそう深くなったように感じた、という句意だが、この句は五・七・五音の調べに乗せて読むことができるものの、句の意味を考えると七・五・五音の調べになる。

季語も「白梅」「紅梅」と二度使っている。

このような形を「破調」といい、また上五から中七にかけての「句またがり」とも呼ぶ。また、季語が二つ以上あることを「季重なり」という。

この場合、破調が作品をドラマティックな味わいに仕立て、また季語を重ねることによって、春の深まりを印象づけているといえるだろう。

旅に病《やん》で夢は枯野をかけ廻《めぐ》る　芭蕉

芭蕉のこの辞世の句も、上句が六音になった「字余り」の「破調」の句である。

田久女》⌘種類が多いが、ただ単にタデといえば柳蓼《やなぎたで》をさす。柳蓼や真蓼《またで》などの食用蓼は、刺身のつまや吸い物にあしらう。ちなみに、蓼は味が辛く、こんなに辛い草なのに一日中、蓼だけを食べる虫がいることから「蓼食《たでく》う虫も好きずき」という諺《ことわざ》が生まれた。

【紫蘇《しそ》】 晩夏 シソ科一年草 花期＝九〜十月 **紫蘇の葉・赤紫蘇・青紫蘇・大葉** 《島へゆく船の畳に紫蘇の束 吉田汀史《ていし》》⌘畑で栽培される。紫色の葉は香りが良い。梅漬けになくてはならないものである。

【麦《むぎ》】 初夏 イネ科多年草 花期＝五〜六月 **大麦・小麦・麦の穂・穂麦《ほむぎ》・麦畑・麦生《むぎう》・麦熟る・麦の黒穂《くろほ》・黒穂** 《鳩鳴いてひとり旅なる山の麦 臼田亜浪》⌘麦は秋に種が蒔かれ冬に芽を出す。青く伸びそろうのは春で、夏には花が咲き結実する。麦が黄金色に実る時期を「麦の秋」といい、夏の季語になっている。

【早《さ》苗《なえ》(へ《さな》)】 仲夏 苗代《なわしろ》(田んぼに植える稲の苗を育てる場所)から本田(稲の苗を本式

に植えつける田）に移し植える頃の稲の苗のこと。**早苗取・早苗籠・玉苗・余苗《あまりなえ》・捨苗**《白鷺に早苗ひとすぢづつ青し　長谷川素逝》

【帚《ははき》木《ぎ》】 晩夏　アカザ科一年草　花期＝八〜九月　**箒《ははき》木《ぎ》・はうきぎ・箒《ははきぐさ》草・はうきぐさ**《帚草ながき日暮を見てゐたり　森　澄雄》⌘草ぼうきの材料として栽培されてきた。「帚」はホウキのことで、「帚木」は「ホウキの木」の意味。なお、種子は「陸のキャビア」といわれるトンブリ。

【夏《なつ》草《くさ》】 三夏　夏に生い茂る草のこと。**夏の草・青草**《夏草や兵《つはもの》どもがゆめの跡　芭蕉》⌘古くから「夏草の」は「しげく」「ふかく」にかかる枕詞であった。

【草《くさ》いきれ】 晩夏　山野や空き地に生い茂った夏草が、照りつける夏の太陽にやかれて、蒸《む》せるような匂いと熱気を放つこと《草いきれ人死居《ゐ》ると札《ふだ》の立　蕪村》⌘「人いきれ」とも使う「いきれ」は、「蒸れるような熱気」のこと。

【青《あお》芒《すすき》（あをすすき）】 三夏　イネ科大型多年草　**青薄《すすき》**《青芒三尺にして乱れけり　正岡子規》

⌘ススキといえば、秋の七草の一つに数えられているように、白っぽい穂をなびかせる姿を連想するが、まだ穂が出ぬ、夏の青々とした葉が美しい緑を輝かせているススキも魅力的である。

【青蘆《あおあし》(あをあし)】 三夏 イネ科多年草　花期＝八〜十月　**青葦**　《青蘆に夕波かくれゆきにけり　松藤夏山《かざん》》 ⌘本種は、仲間のススキやオギに比べると丈が高く、河岸や沼地などに大群落をつくるのだが、季語の「青蘆」は、まだ穂の出ていない、葉が青々として群生している様子をさしている。

【葎《むぐら》】 三夏 蔓を絡ませながら茂る雑草のこと。 **葎茂る・八重葎《やえむぐら》・金葎《かなむぐら》**　《山賤《やまがつ》のおとがひ閉《とづ》る葎かな　芭蕉》 ⌘最近は、カナムグラやヤエムグラのことを葎と呼んでいる。なお、例句の「山賤」は木樵《きこり》など、山仕事を営む者をさした。

【竹煮草《たけにぐさ》】 晩夏 ケシ科多年草　花期＝六〜八月　《松風やそよと花さく竹煮草　小倉栄太郎》 ⌘荒地・路傍・土堤などでまっすぐに伸びる草だが、茎や葉を傷つけると有毒の黄色い汁を出す。この汁は皮膚病などの民間薬に用いられる。

【鈴《すず》蘭《らん》】 初夏 ユリ科多年草　花期＝四〜六月　**君影草・リリー**　《鈴蘭とわかる蕾に育ちたる　稲畑汀子》 ⌘芳香があり姿も名前も可愛らしいので少女たちに人気があるが、実は有毒植物。この花をさしたコップの水は絶対に飲んではならない。

【昼《ひる》顔《がお》（ひるがほ）】 仲夏 ヒルガオ科多年草　花期＝五〜八月　**浜昼顔**　《昼顔やレールさびたる旧路線　寺田寅彦》 ⌘午前十時頃に開花して夕方にはしぼむ。淡紅色の愛らしい花で、アサガオより小型である。なお、ハマヒルガオはヒルガオ科の蔓性多年草で、海岸の砂地に自生する。

【月見草《つきみそう》（つきみさう）】 晩夏 アカバナ科多年草　花期＝六〜九月　**月見草《つきみぐさ》・待宵草《まつよいぐさ》**　《月見草客車一輌夜の駅に　櫻井博道》 ⌘もともとは白い月見草をさしたが、今では黄色い花のマツヨイグサ、オオマツヨイグサを月見草として詠むことが多い。

【水芭蕉《みずばしょう》（みづばせう）】 初夏 サトイモ科多年草　花期＝五〜七月　《峠にはまだ雪消えず水芭蕉

滝井孝作》 ⌘花に見える白いものは仏炎苞で、花はこの苞の中にある。花が終わると葉が伸びてバショウ（バショウ科多年草）の葉のように大きくなるので、この名に。

【擬宝珠《ぎぼうし》の花《はな》（ぎぼうしのはな）】 仲夏 ユリ科多年草 花期＝五～六月 **花擬宝珠《はなぎぼし》・ぎぼし** 《睡き子のかたむきかゝる花擬宝珠 石田いづみ》 ⌘つぼみが橋の欄干《らんかん》に使う擬宝珠という装飾品に似ているのでこの名に。

【真《ま》菰《こも》】 三夏 イネ科大形多年草 花期＝八～十月 **花かつみ・かつみ草・真菰刈** 《真菰刈る童に鳰《にほ》は水走《ば》しり 水原秋櫻子》 ⌘各地の池や沼、小川の縁などに群生する。関東の潮来《いたこ》市の、利根の水郷の真菰は有名。筵《むしろ》の材料として使い、盂蘭盆《うらぼん》が近づく頃、小舟を出して真菰刈りが行われる。

【著莪《しゃが》の花《はな》】 仲夏 アヤメ科常緑多年草 花期＝四～五月 《人死ねば忘れられゆく著莪の花 遠藤若狭男》 ⌘わが国に自生するアヤメ科の中では珍しく常緑葉の植物で、剣状の葉は光沢がある。

【沢瀉《おもだか》】仲夏 オモダカ科多年草 花期＝八～十月 花慈姑《はなくわい》《おもだかに寄る漣《さざなみ》や余呉の湖 内藤恵子》⌘生け花にも用いられる白い可愛い花だが、稲田では雑草として嫌われている。

【河骨《こうほね》（かうほね）】仲夏 スイレン科多年草 花期＝六～九月 河骨《かわほね》《河骨の影ゆく青き小魚かな 泉鏡花》⌘小川や池沼に自生。六～九月に花梗《かこう》を水面に出して、先端に黄色い鈴のような花を一個咲かせる。花も葉も生け花用などに用いられる。

【蒲《がま》の穂《ほ》】晩夏 ガマ科多年草 花期＝六～八月 **蒲の花・蒲**《蒲の穂は剪《き》るべくなりぬ盆の前 水原秋櫻子》⌘ガマは池・沼などに群生する大形の多年草で、六～八月頃、長い茎の上部に十五～二十センチの円柱状の花穂をつける。これが蒲の穂である。

【虎杖《いたどり》の花《はな》】晩夏 タデ科多年草 花期＝七～十月《虎杖の花の盛りの木馬道《きんまみち》 松藤夏山》⌘地下茎に痛み止めの薬効があるとされているので、「痛みを取る」→痛取る→イタドリに。山野のいたるところで見かける。

【浜木綿《はまゆう》の花《はな》(はまゆふのはな)】 晩夏 ヒガンバナ科常緑多年草 花期＝七〜九月 **浜木綿《はまゆう》・浜万年青《おもと》** 《大雨のあと浜木綿に次の花 飴山 實》 ⌘関東南部以西の海岸の砂地に自生する。本種の茎が木綿を巻いたように見えるため、名に「木綿」が。「浜」は浜辺のこと。

【夏薊《なつあざみ》】 三夏 夏に花を咲かせるアザミの総称。 《針の先まで紫の夏薊 伊藤柏翠《はくすい》》 ⌘アザミ属の多くは花期が八〜十月で「秋の花」であるのに対して、花期が夏のアザミがあるので、この名に。夏薊には野薊、鬼薊、ひれ薊、めりくら薊などがある。

【灸花《やいとばな》】 晩夏 アカネ科多年草 花期＝八〜九月 **へくそかづら** 《表札にへくそかづらの来て咲ける 飴山 実》 ⌘葉・蔓・果実を手で揉むと悪臭を放つので「へくそかづら」の名に。「やいとばな」は、花の中心部がお灸の痕に見えることから。

【酢漿《かたばみ》の花《はな》】 三夏 カタバミ科多年草 花期＝五〜九月 **酢漿草《かたばみ》** 《かたばみの花より淋し住みわかれ 三橋鷹女《たかじょ》》 ⌘道端や庭などに生える人里植物の一つ。敷石の傍でよく見かける。

【羊蹄《ぎしぎし》の花《はな》】仲夏 タデ科多年草　花期＝五～六月　**ぎしぎし**《ぎしぎしと見ればぎしぎしだらけかな　里見宜愁》⌘花後、莢の実った枝を振るとギシギシという音がするのでこの名に。

【現《げん》の証拠《しょうこ》】初夏 フウロソウ科多年草　花期＝七～十月《しじみ蝶とまりてげんのしようこかな　森澄雄》⌘葉を乾かして煎じて服用すると下痢に効く、ということはよく知られている。服用するとたちまち薬効が現れることからこの名がつけられた。

【萱草《かんぞう》の花《はな》(くわんざうのはな)】晩夏 ユリ科多年草　花期＝七～八月　**忘草《わすれぐさ》**《花萱草乙女ためらひ刈つてしまふ　加藤知世子》⌘真夏のあぜ道などでよく見かける、ユリに似た、オレンジ色の花。

【夕《ゆう》菅《すげ》(ゆふすげ)】晩夏 ユリ科多年草　花期＝七～九月　**黄菅《きすげ》**《厩までユウスゲの黄のとびとびに　大野林火》⌘本州中部の高原に自生する。夏の高原に夕日が沈む頃、淡黄色の花を開き群落する。色が黄色いので黄菅ともいわれる。

【車前草《おおばこ》の花《はな》（おほばこのはな）】 初夏 オオバコ科多年草 草前《おおばこ》の花 大葉子《おおばこ》 《話しつゝ、おほばこの葉をふんでゆく 星野立子》 ⌘きわめてよく見かける雑草の一つ。人に踏まれると ころに生えている。種子は踏まれると粘液を出し、靴にくっついてどこまでも運ばれる。

【十薬《じゅうやく》（じふやく）】 仲夏 ドクダミ科多年草 花期＝六～七月 蕺草《どくだみ》・どくだみの花 《どくだみや真昼の闇に白十字 川端茅舎《ぼうしゃ》》 ⌘じめじめした裏庭などに生え、葉や茎に悪臭があるので嫌われるが、白い花には趣がある。「十薬」はさまざまな薬効があることからついた名である。干してドクダミ茶にしたり風呂に入れたりして利用される。「十薬干す」は夏の季語になっている。

【蚊帳吊草《かやつりぐさ》】 晩夏 カヤツリグサ科一年草 花期＝八～十月 《淋しさの蚊帳吊草を割きにけり 富安風生》 ⌘淡黄色の穂は、線香花火が火花を散らしているように見える。

【射干《ひおうぎ》（ひあふぎ）】 晩夏　アヤメ科多年草　花期＝八～九月　**檜扇**　《射干の花大阪は祭月　後藤夜半》⌘檜扇を開いた形に似た朱橙色の花を開く。関西では祭りの花とされている。

【姫女苑《ひめじよおん》（ひめぢよをん）】 初夏　キク科越年草　花期＝五～十月　**姫紫苑《ひめしおん》**　《姫女苑しろじろ暮れて道とほき　伊東月草》⌘北米原産の帰化植物で、今では空き地や畑や道端など、どこにでも生えている。

【捩《ねじ》花《ばな》（ねぢばな）】 仲夏　ラン科多年草　花期＝七～九月　**文字摺《もじずり》・文字摺草《もじずりそう》**　《捩花をねじり戻してみたりけり　中原道夫》⌘この螺旋状の花を見ると誰もが自然の造形の妙を感じることだろう。捩花は芝生の中に生えていることが多く、案外見つけやすい。色はたいてい薄紅色である。

【靫《うつぼ》草《ぐさ》】 仲夏　シソ科多年草　花期＝六月　**空穂草《うつぼぐさ》・夏枯草《かこそう》**　《雨に揺れ虻にゆれけりうつぼ草　堀口星眠》⌘花穂の形が、武士が弓矢を入れる道具、靫《うつぼ》（ゆぎともいう）に似ているのでこの名に。初夏に美しい紫色の花を咲かせる。

【蛍袋《ほたるぶくろ》】仲夏 キキョウ科多年草　花期＝六〜八月　釣鐘草《つりがねそう》・提灯花《ちょうちんばな》《人声の螢袋に来てやさし　高橋悦男》⌘子供たちが蛍狩りをするときに、本種の花の中に蛍を入れて、虫籠のかわりにしていたので、蛍袋という名になった、という説がある。

【半夏生《はんげしょう》（はんげしやう）】仲夏 ドクダミ科多年草　花期＝七月　片白草《かたしろぐさ》《犬の舌伸びきり半夏生咲けり　東野昭子》⌘夏至から十一日目に当たる日のことを「半夏生」（七十二候の一つ）といい、この頃に花を咲かせるためにこの名がつけられたという説や、葉の半分が化粧をしたように白くなるので、「半化粧」から転じたという説も。サトイモ科のカラスビシャクのことを「半夏」ともいい、同じ頃に見かける。よく混同されるので注意が必要。

【烏瓜《からすうり》の花《はな》】晩夏 ウリ科蔓性多年草　花期＝八〜九月《花見せてゆめのけしきや烏瓜　阿波野青畝《せいほ》》⌘植物が好きでカメラも好きな方であれば、本種の花の撮影にはぜひとも挑戦されたいことだろう。夜に花を咲かせるので、昼間に蕾を見つけておくことが撮影のポイント。真っ白なレースのような花を咲かせる。

【蛇苺《へびいちご》】 初夏 バラ科多年草　花期＝四〜六月《蛇苺踏んで溝跳ぶ小鮒釣　石塚友二》⌘人間が食べるものでなく、蛇が食べるもの、とされてこの名に。実際、毒はないので食べられるが、味がないのでまったくおいしくない。

【鴨足草《ゆきのした》】 仲夏 ユキノシタ科多年草　花期＝七月　**虎耳草《ゆきのした》・雪の下**《遠雷の大きく一つ鴨足草　星野立子》⌘民間薬として効能がいろいろある。生薬名は「虎耳草」で、本種の別名の「みみだれぐさ」とともに、耳の病気に対して薬用効果が顕著なことに由来する。

【苔の花《こけのはな》】 仲夏 実際には花ではなく、植物学的には雌器体《しきたい》、雄器体《ゆうきたい》、子嚢《しのう》などと呼ばれるもの。《水打てば沈むが如し苔の花　高浜虚子》⌘地面などを覆う苔の緑の間に伸び出す姿を花に見立てている。

【藻の花《もはな》】 仲夏 池や沼などに自生する淡水産の水草の花の総称。**花藻**《川越えし女の

脛《はぎ》に花藻かな　几董《きとう》》　⌘淡水産の藻には松藻・梅花藻など多数あり、春、水底から細い茎を伸ばし、夏に水面に出て花をつける。金魚鉢に入れるのは松藻である。

【萍《うきくさ》】 三夏　ウキクサ科一年生草本　**浮草・根無草・萍の花**　《雨ならず萍をさざめかすもの　富安風生》　⌘池沼・水田・小川などの水面にその葉を浮かべるところからこの名に。

【蓴《じゅん》菜《さい》】 三夏　スイレン科多年生水草　**蓴《ぬなわ》・蓴《ぬなわ》の花・蓴採《ぬなわと》る・蓴舟《ぬなわぶね》**　《仰向いて沼はさびしき蓴かな　秋元不死男》　⌘漢名の「蓴《チュン》」がなまってジュンになり、水菜なのでサイがつけられた。滑らかな舌触りが珍重される、古い沼などに生える水草である。

【梅雨《つゆ》茸《だけ》】 仲夏　梅雨時に生える茸の総称。**梅雨茸《つゆきのこ》・梅雨菌《つゆきのこ》**　《白塗りののつぺらぼうの梅雨茸　藤田湘子》　⌘シメジモドキのように食用になるものもあるが、ほとんどは食用の対象とはならない。

【黴《かび》】 仲夏　梅雨の湿気・温気によって食物、衣類、住居などに生える一般のカビのこと。

実作ワンポイント⑦

❖歴史的かなづかいと現代かなづかい
――どちらを使うかは自由なのだが

俳句を作る時、歴史的かなづかいを使わなくてはならないという決まりはない。たとえば「花水木」を俳句に詠むときに、漢字ではなくひらがな表記にしたいと思ったら、現代かなづかいでは「はなみずき」で、歴史的かなづかいは「はなみづき」である。現代かなづかいでも歴史的かなづかいでも、作り手は自由に選択をしてかまわない。

ただ、どちらかに決めて作るほうがいい。

どっちつかずに作っていると、読み手に、単なるかなづかいの間違いだと思われてしまい、作品の鑑賞を妨げてしまいかねないからだ。

青黴・黴の宿・黴の香

《懐紙《くわいし》もてバイブルの黴ぬぐふとは　飯田蛇笏》⌘気温が高くじめじめした梅雨どきには、食物や衣服、畳など、いろいろなところに黴が生える。

秋

【木犀《もくせい》】仲秋 モクセイ科常緑小高木　花期＝十月　**金木犀・銀木犀**《土地人もまよふ袋路金木犀　今村青魚》⌘「木犀」は「金木犀」「銀木犀」「浅黄木犀」の総称。橙色の花を開くのが金木犀で、最も多く見かける。

【木槿《むくげ》】初秋 アオイ科落葉低木　花期＝八〜九月　**花木槿・白木槿・底紅《そこべに》**《手を懸けて折らで過行く木槿かな　杉風》⌘夏から秋にかけて、次々に花を咲かせて生け垣や公園などを彩る。茶の湯では「冬は椿、夏は木槿」という言葉があるように、本種は夏、秋の代表的な茶花である。白い木槿で花びらの付け根が赤いものを底紅という。

【芙蓉《ふよう》】初秋 アオイ科落葉低木　花期＝八〜九月　**花芙蓉・白芙蓉・紅芙蓉・酔芙蓉《すいふよう》**《枝振りの日毎にかはる芙蓉かな　芭蕉》⌘艶麗な花は美女にたとえられるが、〝美人薄命〟で、午前中に開くが夕方にはしぼむ一日花である。花は咲き終えるとあっけなく落ちる。

【南天《なんてん》の実《み》】 晩秋 メギ科常緑低木　花期＝五～六月／果期＝十一～十二月　**実南天・白南天** 《南天の実に惨《さん》たりし日を憶《おも》ふ　沢木欣一》 ⌘ナンテンは古くから庭木としてよく植栽されてきた。花は梅雨時に咲くので「南天の花」は夏の季語。

【藤《ふじ》の実《み》（ふぢのみ）】 晩秋 マメ科蔓性落葉木　花期＝四～五月／果期＝晩秋に完熟　《藤の実に小寒き雨を見る日かな　暁台《きょうたい》》 ⌘花後、へら形の実を垂らして、とぼけた面白さを味わわせてくれる。晩秋には果皮が乾いて堅くなり、そのままにしておくと、冬に果皮が開裂して種子を飛散させる。

【桃《もも》】 初秋 花期＝四～五月／果期＝八月　**桃の実・白桃《はくとう》・水蜜桃《すいみつとう》** 《桃冷す水しろがねにうごきけり　百合山羽公《うこう》》 ⌘桃の実は古くから愛され、神話やおとぎ話にも登場する。

【梨《なし》】 三秋 バラ科落葉果樹　花期＝四～五月／果期＝八～十月　**有《あり》の実《み》・洋梨・ラ・フランス・梨園・梨狩・梨売** 《炊き出しの外竈《がま》築き梨出荷　加藤爽暁》 ⌘長十郎・

二十世紀・新水・幸水・豊水などの種類がある。

【柿《かき》】 晩秋 カキノキ科落葉高木　花期＝五〜六月／果期＝十〜十一月　**甘柿・渋柿・熟《じゆく》柿《し》・木守柿《きもりがき》・柿日和《かきびより》**　《柿くへば鐘が鳴るなり法隆寺　正岡子規》　⌘収穫のとき、ひとつだけ木に残しておく風習があり、これを木守柿という。まじないの一種である。

【林《りん》檎《ご》】 晩秋 バラ科落葉高木　花期＝四〜五月／果期＝七〜十一月　**林檎園・林檎狩**　《星空へ店より林檎あふれをり　橋本多佳子》　⌘柿とともに日本の秋を代表する果実で、ふじ、紅玉《こうぎよく》、王林《おうりん》、ジョナゴールドなど種類が多い。

【葡《ぶ》萄《どう》（ぶだう）】 仲秋 ブドウ科蔓性植物　花期＝五〜六月／果期＝九〜十一月　**葡萄園・葡萄棚・葡萄狩**　《葡萄一粒一粒の弾力と雲　富沢赤黄男《かきお》》　⌘「金銀瑠《る》璃《り》硨磲《しやこ》瑪瑙《めのう》琥珀《こはく》葡萄哉　松根東洋城」とあるように、秋日を浴びながら、半透明の、宝石のように美しい実が色づいていく。デラウェア・マスカット・巨峰・ピオーネなどの種類がある。巨峰、マスカットなどよく知られた品種名は、傍題として詠まれることがある。

【栗《くり》】 晩秋　ブナ科落葉高木　花期＝六月／果期＝九〜十月　**山栗・柴栗・丹波栗・毬栗《いがぐり》・笑栗《えみぐり》・落栗・虚栗《みなしぐり》・焼栗・ゆで栗・栗山・栗林**　《嚇々《かくかく》と大毬栗の口中よ　井沢正江》　⌘毬が割れて実が落ちそうなものをその様子から笑栗という。虚栗は皮ばかりで、実が入っていない栗のこと。

【石榴《ざくろ》】 仲秋　ミソハギ科落葉小高木　花期＝六〜八月／果期＝十〜十一月　《露人ワシコフ叫びて石榴打ち落す　西東三鬼《さいとうさんき》》　⌘秋の透明な光の中で、熟した実が裂け、ルビーのような赤い種子が現れる。食べると甘酸っぱい。

【無花果《いちじく》】 晩秋　クワ科落葉小高木　花期＝四〜五月／果期＝九〜十月　《無花果をもぎし手ねばる休診日　下村ひろし》　⌘例句にもあるように、もいだ途端に白い汁が切り口にあふれ出るようすが印象に残る果実である。江戸時代に渡来した時に、漢名の「映日果」がイチジクに聞こえ、「無花果」の字を当て、この名前になった。

【胡桃《くるみ》】 晩秋　クルミ科落葉高木　花期＝五〜六月／果期＝九〜十月　**胡桃の実・姫胡桃・**

鬼胡桃　《栗鼠の子に胡桃落して森は母　山田孝子》　⌘山地の川辺に多く生えるオニグルミの実は冬を控えた山の動物たちの貴重な糧。

【青《あお》蜜《み》柑《かん》（あをみかん）】　三秋　熟す前の青々とした蜜柑。《伊吹より風吹いてくる青蜜柑　飯田龍太》　⌘「蜜柑の花」は夏の季語、「蜜柑」は冬の季語で「青蜜柑」は秋の季語。

【酸《す》橘《だち》】　晩秋　ミカン科常緑低木　花期＝五月　**かぼす**　《夕風や箸のはじめの酢橘の香　服部嵐翠》　⌘徳島県の特産で、ユズの近縁種。果実は小さいが、酸味が強く、多汁で香りが高い。松茸料理には欠かせない。カボスはユズの一種でスダチよりやや大きく、黄色く熟したものを使う。

【柚《ゆ》子《ず》】　晩秋　ミカン科常緑小高木　花期＝四～五月　**柚子の実・木守《きもり》柚子**　《柚子打つや遠き群嶺も香にまみれ　飯田龍太》　⌘木守柚子は収穫のとき、風習として木にひとつだけ残しておくものをいう。

【橙《だいだい》】　晩秋　ミカン科常緑小高木　花期＝五～六月／果熟期＝十～一二月　《橙に黄が走

る日の寺詣　曾根けい二》⌘晩秋に熟した果実をもがずにそのままにしておくと、翌年の春に緑色に戻り（そのために回青橙《だいだい》という）、秋になればまた黄色になる。もがなければ二年も三年も枝に残り長寿を保つ。

【金柑《きんかん》】 晩秋 ミカン科常緑低木　花期＝五〜九月／果期＝十二〜一月《金柑はくすりのひとつ鉢に買ふ　石川桂郎》⌘小さな果実が熟すると黄金色になるところからこの名に。果実の表面はなめらかで美しく、香気が高い。咳止めの効果がある。

【檸檬《れもん》】 晩秋 ミカン科常緑低木　花期＝五月　**レモン**《檸檬青し海光《かいこう》秋の凪に澄み　西島麦南》⌘気候が適さないので、日本で栽培されているのはわずかに瀬戸内地方にすぎず、流通しているのはカリフォルニア産等の輸入ものがほとんどだが、最近は庭木として植えられたものに実がなっているのを見かけるようになった。

【榠樝《かりん》の実《み》（くわりんのみ）】 晩秋 バラ科落葉高木　花期＝五月　**花梨の実**《くらがりに傷つき匂ふくわりんの実　橋本多佳子》⌘セイヨウナシに似た大きな実は、黄色く熟し、芳香を放つが、食用とはならない。カリンによく似た実にマルメロ(榲桲)がある。外皮が産毛のような短毛でおおわれ、甘酸っぱくジャムなどにして食べられる。マルメロも秋の季語になる。

【紅葉《もみじ》(もみぢ)】晩秋 秋の終わりごろ、木の葉が赤や黄に変わること。**紅葉《こうよう》・夕紅葉《ゆうもみじ》・谷紅葉《たにもみじ》・紅葉山《もみじやま》・紅葉川《もみじがわ》・黄葉《こうよう》・黄葉《もみじ》・照葉《てりは》・照紅葉《てりもみじ》**《強き灯の照らすところの紅葉かな 日野草城》⌘ふつう「紅葉」といえばカエデのことだが、カエデ以外の樹木の色づきについてもいう。

【初紅葉《はつもみじ》(はつもみぢ)】仲秋 色づき始めたばかりの紅葉のこと。**薄紅葉《うすもみじ》**《踏み分けて行けぬところに初もみぢ 遠藤若狭男》⌘山野に秋の訪れを告げるのは、まずヤマザクラ、続いてハゼ、ナラ、ウルシなどである。カエデの紅葉はこれらよりもずっと遅い。

【紅葉《もみじ》且《か》つ散《ち》る(もみぢかつちる)】晩秋 木々の葉が紅葉しながら同時にその葉が散っていくさま。《紅葉かつ散りぬ自在に水走り 菖蒲あや》⌘古歌でよく用いられていた言葉が季語に転じたもの。「色葉散る」「色ながら散る」ともいう。

【黄《こう》落《らく》（くわうらく）】 晩秋 ナラやクヌギなどの黄葉した葉が落葉すること。**黄落期** 《黄落や或る悲しみの受話器置く　平畑静塔《せいとう》》 ⌘紅葉と比べると黄葉はやや地味な印象があるが、イチョウやナラ、クヌギが黄葉した姿は美しい。

【柿紅葉《かきもみじ》（かきもみぢ）】 晩秋 仲秋を過ぎ、実が赤く熟し始めるとともに葉が色づいてくること。《木の間より正倉院の柿紅葉　河東碧梧桐《かわひがしへきごとう》》 ⌘柿の紅葉は、カエデのように全体が赤一色になるわけではなく、朱・紅・黄・緑の四色が入り交じる。柿紅葉は、華やかというよりも、どことなくものの哀れを感じさせる独特の風情を醸し出す。

【雑木紅葉《ぞうきもみじ》（ざふきもみぢ）】 晩秋 名の木以外の木々の紅葉。《暫くは雑木紅葉の中を行く　高浜虚子》 ⌘俳諧では、楓《かえで》・柳などのような名の知られた木のことを「名の木」というが、雑木というのは「名の木」以外の木々のこと。葉の色も紅色、黄色、褐色、銅色など、さまざまな色のもみじになる。また、コナラなどブナ科の黄葉を柞紅葉《ははそもみじ》という。

【櫨紅葉《はぜもみじ》】晩秋 ウルシ科落葉高木　花期＝五～六月《山肌にしみつく雨後の櫨紅葉　土井暉子》⌘関西以西の暖地でしか見られないが、枝ぶりのよい古木の紅葉は見事である。九州地方ではハゼノキが川の堤防に並木として植えてあり、紅葉の季節には素晴らしい眺めとなる。

【銀杏黄葉《いちょうもみじ》（いてふもみぢ）】晩秋 イチョウ科落葉高木　花期＝四～五月《暮れてなほ公孫樹《いちょう》もみぢの明るけれ　辻本草坡》⌘秋の黄葉の中では本種が最も素晴らしく、落葉すると地面が一面、黄金色に染まる。

【桜紅葉《さくらもみじ》（さくらもみぢ）】仲秋《桜紅葉まぬがれ難き寺の荒れ　村田脩》⌘桜はほかの木よりも早く紅葉する。九月末には赤みがさして散りはじめる。桜の紅葉は、カエデの美しすぎる紅葉に比べて、赤らんだり黄ばんだり、虫食いのあとがあったりして、どこか親しみを覚えさせる。

【色《いろ》変《か》えぬ松《まつ》（いろかへぬまつ）】晩秋 秋が深まり、周りのほとんどの木々が紅葉し、枯色を見せる中、常緑のまま色をかえない松をいう。《枯淡などまつぴら色を変へぬ松　鷹羽《たかは》狩行《しゅぎょう》》⌘うつろい色褪せることのない常盤の松をたたえた言葉。

【新松子《しんちぢり》】晩秋 その年に新しくできた青い松笠のこと。青松毬（青松笠）とも呼ばれる。**青松毬《あおまつかさ》**《潮騒の追って来る道新松子　島村茂雄》⌘松の種類によって多少の違いはあるが、卵形で青々としていかにも若々しい。

【桐一葉《きりひとは》】初秋 秋に桐の葉が落葉するさま。**一葉《ひとは》・一葉落《ひとはお》つ**《桐一葉月光噎《むせ》ぶごとくなり　飯田蛇笏》⌘「桐一葉落ちて天下の秋を知る」のことわざは、中国の古典『淮南子《えなんじ》』の「一葉の落つるを見て、歳の将《まさ》に暮れんとするを知る」から。

【柳散る《やなぎち》】仲秋 シダレヤナギの細長い葉が黄ばんではらはらとこぼれ落ちるさま。《柳散るや凪に後れて二葉三葉　鈴木花蓑》⌘葉がこぼれ落ちた後、水面に漂う姿はあわれを誘い、桐の葉の落ちるさまとは異なる味わいがある。

【銀杏散る《いちょうち》（いてふちる）】晩秋 晩秋に、黄金色の銀杏の葉が散り始めるさま。《銀杏ちる兄が駆

ければ妹も　安住 敦》⌘「銀杏落葉」は冬の季語だが、「銀杏散る」は秋季となっている。微妙な季節の移り変わりに目を留めた季語である。

【木《こ》の実《み》】 晩秋 秋に熟する木の実の総称。**木の実落つ・木の実降る・木の実雨・木の実時雨《しぐれ》・木の実独楽《こま》**《よろこべばしきりに落つる木の実かな　富安風生》⌘秋には楢、櫟《くぬぎ》、椎《しい》、橡《とち》、椋《むく》、樫《かし》、橅《ぶな》など、木々の実が熟する。なお、櫟・楢・樫・橅などの実が**団栗《どんぐり》**（秋の季語）である。

【七《なな》竈《かまど》】 晩秋 バラ科落葉高木　花期＝五〜七月《ななかまど尾根に吹く雲霧となり　原柯城《かじょう》》⌘晩秋の燃えるような紅葉が美しいが、落葉後の赤い実だけの姿も美しい。

【一位《いちい》の実《み》（いちゐのみ）**】** 晩秋 イチイ科常緑高木　花期＝三〜五月／果期＝秋　**あららぎの実・おんこの実**《一位の実含みて吐きて旅遠し　富安風生》⌘花は目立たない。十月頃に実が透き通るような赤色に熟す。肉質部分は食べられるが種子には毒がある。アララギは本種の古名。

【檀《まゆみ》の実《み》】晩秋 ニシキギ科 落葉小高木 花期＝四～六月 **真弓の実** 《墓みちや花かと見えて真弓の実 鈴木白祇》 ⌘初夏に咲く緑白色の花は見栄えがしないが、秋にむすんだ実は落葉後も長く枝上にあって美しい。マユミの木は弓の材として使われていたためにこの名になったという。実は淡紅色の一センチ角くらいの箱形で、熟すと割れて朱色の種が吊り下がる。その様子が愛らしい。

【榧《かや》の実《み》】晩秋 イチイ科常緑高木 花期＝五月 《榧の木に榧の実のつくさびしさよ 北原白秋》 ⌘樹高が二十～三十メートルに達する。実の大きさは二～三センチほどで、ラグビーボールのような形をしている。翌年の十月頃、緑色の外皮が褐色に変わり、熟すと外皮が裂ける。

【紫式部《むらさきしきぶ》】晩秋 クマツヅラ科落葉低木 花期＝六～八月／果期＝十～十一月 **実紫・紫式部の実・式部の実** 《実むらさき老いて見えくるものあまた 吉野義子》 ⌘紫色の実を『源氏物語』の作者・紫式部になぞらえた名である。

【銀《ぎん》杏《なん》】晩秋 イチョウ科落葉高木　花期＝四月／果期＝十月中旬～下旬　**銀杏《いちょう》の実**

《鬼ごっこ銀杏を踏みつかまりぬ　加藤瑠璃子》⌘イチョウの実のことで、焼いて食べたり茶碗蒸しに入れたりする。銀杏の果皮は黄色く、強い悪臭がある。雌雄異株で雌の木にしか実はならない。

【菩《ぼ》提《だい》子《し》】晩秋 アオイ科落葉高木　花期＝六月／果期＝十月　**菩提樹の実**　《菩提子を拾ひて帰路を迷ひけり　秋元不死男》⌘菩提樹の実のことを菩提子という。菩提樹は寺院に多く植えられる。

【無《む》患《くろ》子《じ》】晩秋 ムクロジ科落葉高木　花期＝六月　**無患樹の実**　《無患樹の実も葉も垂れて曇りゐし　北野 登》⌘山林に自生している。花も果実も人目を引かないが、樹形の美しい木である。無患子の種子はかたく黒く羽根突きの羽子の玉に使われることで知られる。半透明の外皮はサポニンを含み石けんの代わりに使われた。

【臭《くさ》木《ぎ》の花《はな》】初秋 クマツヅラ科　落葉樹　花期＝七～九月　**常山木《くさぎ》の花**　《逃ぐる子を臭

木の花に挟みうち　波多野爽波》⌘枝や葉を傷つけると悪臭を放つのでこの名に。しかし、七〜九月に咲かせる白い花は芳香を一面に漂わせる。

【臭木《くさぎ》の実《み》】晩秋　初秋に白色の花が群がり咲いた後、六〜七ミリの大きさの光沢のある球果を結ぶ。**常山木《くさぎ》の実**　《臭木の実手籠に摘める染物師　阿部月山子《がっさんし》》⌘球果は、花後も残った星形の萼の上につき、晩秋には藍色に熟す。萼は臙脂色、実は藍色で目を引く美しさである。

【瓢《ひょん》の実《み》】晩秋　マンサク科常緑高木の蚊母樹《イスノキ》（別名ひょんの木）の葉に生じる虫癭《ちゅうえい》（虫こぶ）のこと。**ひょんの笛**　《ひょんの笛さびしくなれば吹きにけり　安住 敦》⌘虫癭は大きいものは桃の実くらいあり、かたくて、虫が虫癭から出てしまった後は穴になる。中は空洞なので唇を当てて吹くと音が出る。

【桐《きり》の実《み》】初秋　キリ科落葉高木　花期＝五〜六月／果期＝九〜十月《桐の実も人の訃も雲迅きころ　永島靖子》⌘桐の実はレモンを小さくしたような可愛らしい木の

実だが、十月頃に熟して二つに裂け、翼をもった数千個もの種子をまき散らす。

【飯桐《いいぎり》の実《み》（いひぎりのみ）】晩秋 イイギリ科落葉高木　花期＝五月／果期＝十〜十一月　**南天桐**
《日が遠しいいぎりの実を仰ぎては　岸田稚魚》⌘樹高が十五〜二十メートルほどになる。球形の果実は真っ赤に色づいて総状に垂れ下がる。落葉後も枝に残り、人目を引く。

【山椒《さんしょう》の実《み》（さんせうのみ）】初秋 ミカン科落葉低木　花期＝四〜五月／果期＝九〜十月　**実山椒《みざんしょう》**
《裏畑に朱をうつて熟れ実山椒　飴山實》⌘「椒」は辛いものの意。胡椒《こしょう》、花椒《かしょう》（華北山椒《かほくざんしょう》の果皮の香辛料で、痺れるような辛さを持つ）と区別するために、「山に生えている〝椒〟」だから山椒の名に。

【錦木《にしきぎ》】晩秋 ニシキギ科落葉低木　花期＝五〜六月　**錦木紅葉《にしきぎもみじ》**《錦木に田上げの鯉の水しぶき　飯田龍太》⌘庭木や公園樹として見かける。枝にコルク質の翼《よく》ができるのが特徴。紅葉が見事なので秋の季語となっている。

【梅《うめ》擬《もどき》】 晩秋 モチノキ科落葉低木 花期＝五〜六月／果期＝十一月 **落霜紅《うめもどき》** 《兄のこと話せば泣くや梅擬 高浜虚子》⌘葉が梅に似てはいるが非なるもの、という意味でこの名に。山地に自生するが、赤い実が美しいので庭木にも用いられる。

【蔓梅擬《つるうめもどき》】 晩秋 ニシキギ科蔓性落葉低木 花期＝五〜六月／果期＝十〜十一月 **つるもどき** 《霧ひらく山径にして蔓もどき 臼田亜浪》⌘植林地では、ほかの木に巻きついて生長を妨げる〝害樹〟として嫌われているが、一般的には、晩秋に彩りを添える木として庭園、公園、盆栽、生け花の材料として用いられる。

【ピラカンサ】 バラ科常緑低木 花期＝五〜六月 **ピラカンサス** 《ピラカンサ祈ることばのひとつづつ 小山遥》⌘和名はトキワサンザシ、タチバナモドキ。「ピラカンサス」と表記されている場合もある。生け垣や鉢植えとして栽培される。秋には美しい果実がたわわに実る。枝に棘があるので注意。

【皂角子《さいかち》】 晩秋 マメ科落葉高木 花期＝五〜六月 **さいかちの実・皂莢《さいかち》** 《夕風や皂角子

実作ワンポイント❽

❖吟行中に出合った知らない木や草の実はけっして口に入れないで！

吟行していて木や草の実に出合うことがある。

子どもの頃から親しんでいる草苺や木苺、桑の実などは甘くておいしいのを知っているが、ほかにも食べられる実はある。赤い実はことに目立つので、一粒手に取ってみることもあるだろう。

そして、食べられるかどうか、ちょっと口に入れてみることもあるかもしれない。

しかし、これは危険なことである。有毒の実も少なくないからだ。

食べられる実……草苺《くさいちご》、木苺《きいちご》、苗代苺《なわしろいちご》、冬苺《ふゆいちご》、山法師《やまぼうし》、枸杞《くこ》、揚梅《やまもも》、莢蒾《がまずみ》、山茱萸《さんしゅゆ》、夏茱萸《なつぐみ》、秋茱萸、榎《えのき》の実、椋《むく》の実など。

有毒な実…一位、花水木《はなみずき》、瓢箪木《ひょうたんぼく》（猛毒）、南天、ピラカンサ、毒空木（猛毒）、鵯上戸《ひよどりじょうご》、山牛蒡《やまごぼう》など。

一位の実は、東北では「オンコの実」とも呼ばれ、子どもの時に食べた人もいるかもしれない。果実は甘く無害だが、種が猛毒なのだそうだ。

幾つ食べれば山姥《やまうば》となる一位の実　山田みづえ

みちのくの子どもたちは、オンコの実の食べ方をちゃんと知っていたに違いない。

秋

の実を吹き鳴らす　石井露月《ろげつ》》　⌘十月頃に熟す果実は、長さが三十センチほどもあり、この大きな褐色の莢《さや》がたくさんぶら下がるのでユーモラスな姿になる。

【茱《ぐ》萸《み》】晩秋　グミ科落葉低木　花期＝四〜五月／果期＝十〜十一月　**秋茱萸**　《いくたびも風がとほりて茱萸のいろ　細川加賀》　⌘夏に実をつける夏茱萸と本種の秋茱萸がある。晩秋に赤く熟す果実は、やや渋味があるが食べられる。

【茨《いばら》の実《み》】晩秋　バラ科落葉低木　花期＝五〜六月／果期＝十〜十一月　**野茨《のいばら》の実・野ばらの実**　《茨《ばら》の実を食うて遊ぶ子哀《あはれ》なり　村上鬼城》　⌘「茨」とはノイバラやテリハノイバラなど、野生薔薇の総称。秋になると小枝に、小さな丸い赤い実をたくさんつけて美しい。

【山《やま》葡《ぶ》萄《どう》（やまぶだう）】仲秋　ブドウ科落葉蔓性木本　花期＝六月／果期＝十月　**野葡萄**　《山葡萄ひと日遊びて精充ちて　草間時彦》　⌘秋に、黒い実の房を垂れ、樹上高く、紅に燃える葉は美しい。山葡萄は食べられるが、野葡萄は食べられない。

【通草《あけび》】仲秋 アケビ科蔓性落葉木本 花期＝四〜五月／果期＝十月 **木通《あけび》・通草の実**

《老僧に通草を貰ふ暇乞《いとまごい》 正岡子規》 ⌘果実は十センチほどの楕円形で、紫色に熟し、果皮が縦に裂けると、光沢のある黒い種子を多く含んだ白い果肉が見える。果肉は生食できて甘い。

【蔦《つた》】三秋 ブドウ科蔓性落葉木本 花期＝六〜七月 **蔦かづら・蔦紅葉《つたもみじ》** 《桟《かけはし》やいのちをからむつたかづら 芭蕉》 ⌘秋が深まると紅葉がますます美しくなり、「蔦紅葉」と呼ばれる。

【竹《たけ》の春《はる》】仲秋 「竹の秋」に対比する季語。他の植物とは対照的に、竹は秋になると緑色が濃くなる。これを「竹の春」と呼ぶ。**竹春《ちくしゅん》** 《京と言へば嵯峨《さが》とおもほゆ竹の春 角田竹冷》 ⌘春から初夏にかけては筍に養分を奪われて、親竹は色あせて、葉を落とすので「竹の秋」と呼ばれるが、秋になると緑鮮やかに繁茂するので、「竹の春」と呼ばれる。

【芭蕉《ばしょう》（ばせう）】 初秋 バショウ科多年草　花期＝夏〜秋　**芭蕉葉《ばしょうば》・芭蕉林《ばしょうりん》**《芭蕉葉の雨音の又かはりけり　松本たかし》⌘草丈が五メートルほどになる大形の草。葉も二メートルほどに。その葉が風に吹かれるさまを松尾芭蕉は愛した。

【破芭蕉《やればしょう》（やればせう）】 晩秋 バショウ科多年草本　花期＝七〜九月《破れたる芭蕉を更に破る雨　星野高士》⌘夏の間は青々として堂々としているが、秋の終わりになると、台風などの風雨のために葉脈にそって縦に裂けて、ばさばさの無残な姿をさらすようになる。

【サフラン】 晩秋 アヤメ科球根植物　花期＝十〜十一月　**泊夫藍《さふらん》**《燈台に泊夫藍畠珠《す》洲《ず》岬　沢木欣一》⌘春先に咲くクロッカスと同属で、よく似ている。九月に球根を植えると十〜十一月にはもう花をつける。

【カンナ】 三秋 カンナ科多年草　花期＝六〜十一月　**花カンナ**《護送囚風のカンナも車窓過ぐ　石原次郎》⌘熱帯から亜熱帯地方の原産のため、真夏の日差しをものともせず、原色の赤や黄色の鮮やかな花を元気に咲かせる。

【蘭《らん》】初秋 多様なラン科植物の総称。**蘭の花・蘭の香・蘭の秋** 《月落ちてひとすぢ蘭の匂ひかな 大江丸》⌘秋に開花する東洋蘭（シナ蘭）のことで、洋蘭のことではない。秋の蘭は東洋蘭が主。花は芳香を有し、その気品の高さから、竹、梅、菊と並べて四君子と称される。

【朝《あさ》顔《がお》（あさがほ）】初秋 ヒルガオ科一年草 花期＝七〜八月 **牽牛花《けんぎゅうか》・蕣《あさがお》**《朝顔に喪服のひとのかゞむかな 瀧井孝作》⌘七月六〜八日の東京・上野の入谷鬼子母神《いりやきしもじん》の「朝顔市」は夏の風物詩だが、俳句では朝顔は秋の季語になっている。最近はヒルガオ科の西洋朝顔もよく見かけるが、朝のうちに咲いて昼にはしぼんでしまうという本種の風情には欠ける。

【鶏《けい》頭《とう》】三秋 ヒユ科多年草 花期＝夏〜秋 **鶏頭花《けいとうか》**《我去れば鶏頭も去りゆきにけり 松本たかし》⌘ケイトウを詠んだ俳句では、正岡子規の「鶏頭の十四五本もありぬべし」という句の評価が分かれ、今日まで「鶏頭論争」が続いている。

【葉鶏頭《はげいとう》】 三秋 ヒユ科一年草　花期＝夏〜秋　**雁来紅《がんらいこう》・かまつか**　《かくれ住む門に目立つや葉鶏頭　永井荷風》 ⌘葉がケイトウの葉に似ていて、ケイトウの葉よりも美しいことから「葉の美しいケイトウ」がハケイトウ→ハゲイトウに。いつもは葉が緑色なのに、八月頃から上部の葉の色が、紅色や黄色、橙色などに変化して美しい。「がんらいこう」ともいうが、これは漢名「雁来紅」の音読み。「かまつか」は古名。

【コスモス】 仲秋 キク科一年草　花期＝八〜十月　**秋桜《あきざくら》**　《コスモスを離れし蝶に谿《たに》深し　水原秋櫻子》 ⌘メキシコ原産。マドリッドの植物園でコスモスと名付けられ、明治時代に渡来。わが国の風土によくなじみ、日本の秋の風景をつくるまでになった花である。

【白粉花《おしろいばな》】 仲秋 オシロイバナ科多年草、一年草　花期＝七〜十月　《おしろいが咲いて子供が育つ路地　菖蒲あや》 ⌘住宅街の路地などでもよく見かける、どこか親しみを覚えさせる花。

【鬼灯《ほおづき》】（ほほづき） 初秋 ナス科多年草　花期＝六～七月　**酸漿《ほおずき》**　《少年に鬼灯くるる少女かな　高野素十》⌘名前の由来は、果実の皮を口に含んで鳴らす時に頬を突くから、あるいは「ホホ」という名の虫（カメムシの仲間）がつきやすいから、との両説がある。

【鳳仙花《ほうせんか》】（ほうせんくわ） 初秋 ツリフネソウ科一年草　花期＝六～九月　**つまくれなゐ《い》**　**つまべに**　《正直に咲いてこぼれて鳳仙花　遠藤梧逸《ごいつ》》⌘夏から秋にかけての花壇の常連。『枕草子』に名前が登場しているので、平安時代に渡来したようだ。

【秋海棠《しゅうかいどう》】（しゅうかいだう） 初秋 シュウカイドウ科多年草　花期＝八～九月　**断腸花《だんちょうか》**　《断腸花妻の死ははや遠きこと　石原八束《やつか》》⌘晩春に美しい花を咲かせるバラ科の花海棠に似ていて、秋に花を咲かせるのでこの名に。同じシュウカイドウ属のベゴニアにも似ている。

【菊《きく》】 三秋 キク科多年草の総称。**菊の花・白菊《しらぎく》・黄菊《きぎく》・小菊・厚物咲《あつものざき》・懸崖菊《けんがいぎく》・菊畑**　《有る程の菊抛《な》げ入れよ棺の中　夏目漱石》⌘キクは花期によって春菊・夏菊・秋菊・寒菊（冬菊）に分けられるが、代表的なのは秋菊。

【残《ざん》菊《ぎく》】 晩秋 晩秋にひっそりと咲き残っている菊のこと。**残る菊・十日の菊**《残菊の畑ほとりをあるきけり　村上鬼城》⌘旧暦九月九日（新暦だと十月中旬）の重陽の日は「菊の節句」という。それ以降の菊のことを「十日の菊」というが、これは、時期はずれで役に立たないことのたとえである。

【紫《し》苑《おん》（しをん）】 仲秋 キク科多年草　花期＝九〜十月　**しをに**《紫をん咲き静かなる日の過ぎやすし　水原秋櫻子》⌘秋を代表する草花の一つ。大形の草で、茎の高さは二メートルを超える。秋に枝先に多くの小枝を出し、淡紫色の花をつける。花びらの紫色と花芯の黄色の配色が美しい。台風にも強い。

【風船葛《ふうせんかずら》（ふうせんかづら）】 仲秋 ムクロジ科一年草　花期＝八〜十一月《まだ青く風船かづら末子のやう　森田公司》⌘茎が葛《かずら》のように伸びるのでこの名に。夏に白い小花を咲かせ、風船のような果実をつける。中の黒い丸薬状の種には白いハート形の斑がある。

【敗《やれ》荷《はす》】 仲秋 葉の破れた蓮のこと。**破蓮《やれはす》・破蓮《やれはちす》** 《蓮破る雨に力の加はりて　阿波野青畝》⌘蓮池や蓮沼一面をあれほどに青々と覆っていた蓮の葉が、晩秋になると破れて、茎も折れ、無残な姿で風に揺れる。

【蓮《はす》の実《み》】 仲秋 スイレン科多年草　花期＝七〜八月／果期＝九〜十月　**蓮の実飛ぶ** 《蓮の実にはじかれてたつ蜻蛉かな　千代》⌘花後、花弁を支える台の花托が大きくなって、蜂の巣やシャワーヘッドに似た形になる。これが蓮の実で、蓮の実の穴には種子が入っていて、熟すと種子は黒くなり、その穴から飛び出して水の中に沈み、水底で発芽に備える。

【西瓜《すいか》（すゐくわ）】 初秋 ウリ科蔓性一年草　花期＝六月／果期＝七〜八月　**西瓜畑・西瓜番** 《こけさまにほうと抱ゆる西瓜かな　去来》⌘栽培法が発達したことによって、最近は初夏の頃から出回るようになっているが、もとは初秋のものであった。海辺などで目隠しをして興じる「西瓜割り」は夏の季語になっている。

【冬瓜《とうがん》】初秋 ウリ科蔓性一年草 花期＝夏／果期＝秋 《冬瓜の途方に暮るる重さにて 駒木根淳子》 ⌘秋に収穫したものを貯蔵して冬でも食べられることが名の由来。白い実は淡白な味で、汁物や餡かけにして食べることが多い。

【南瓜《かぼちや》】三秋 ウリ科蔓性一年草 花期＝夏／果期＝秋 **たうなす・なんきん**《と》 《南瓜煮てやろ泣く子へ父の拳やろ 磯貝碧蹄館《へきていかん》》 ⌘日本南瓜と明治以降に渡来した栗南瓜がある。ほくほくとして味がよいのは栗南瓜のほうで、東北や北海道などの冷涼地に適している。

【糸瓜《へちま》】三秋 ウリ科蔓性一年草 花期＝夏／果期＝秋 **いとうり・糸瓜棚** 《糸瓜やや曲り此の世は面白く 下村非文》 ⌘茎から採ったへちま水は咳止め、化粧水になる。また、乾燥させた繊維質はたわしとして使う。

【夕顔《ゆうがお》の実《み》（ゆふがほのみ）】初秋 ウリ科蔓性一年草 花期＝夏／果期＝秋 《夕顔の実の垂れてを

り湖の宿　森　澄雄》⌘本種を紐状に剥《む》いて、乾燥させたものが干瓢《かんぴょう》で、水で戻して煮て、巻き寿司の具材や、煮物、和え物などとして使われる。

【**瓢**《ふくべ》】初秋 ウリ科蔓性一年草である瓢箪の実のこと。**ひさご・瓢箪**《ひょうたん》**・青瓢**《あおふくべ》**・種瓢**《たねふくべ》《遥かなる思ひから覚め青瓢　長谷川　櫂》⌘本種は「夕顔」の一変種。棚作りすると青い実がたくさんできる。熟した果実の果肉を取り除いて乾燥させたものを器にする。

【**茘枝**《れいし》】仲秋 ウリ科蔓性一年草　花期＝夏／果期＝秋　**苦瓜**《にがうり》**・ゴーヤー**《沖縄の壺より茘枝もろく裂け　長谷川かな女》⌘傍題にあるとおり、沖縄料理のゴーヤーチャンプルーのゴーヤーのことである。晩秋には実が裂けて種子がこぼれる。

【**秋茄子**《あきなす》】仲秋 秋に実る茄子のこと。**秋茄子**《あきなすび》**・種茄子**《日にほてりたる秋茄子もぎにけり　川上梨屋》⌘秋茄子は秋の季語だが、単なる茄子は夏の季語。「秋茄子は嫁に食わすな」（秋の茄子は特に味がよいから、憎い嫁には食べさせるな、という嫁いびりの言葉）という諺があるように、秋茄子は美味である。

【馬鈴薯《じゃがいも》】初秋 ナス科多年生草本　花期＝初夏（春作の場合） **馬鈴薯《ばれいしょ》・ばれいしょ** 《じゃがいもの北海道の土落とす　中田品女》 ⌘十六世紀末に、ジャカルタから渡来したということで「ジャガタラ芋」と呼ばれ、それを略した名が「ジャガ芋」となった。今では夏の「新馬鈴薯」が主流だが、本来は秋季なので注意が必要。

【甘藷《さつまいも》】仲秋 ヒルガオ科多年草　気温の関係で開花しない（沖縄では開花が見られる） **薩摩薯《さつまいも》・甘藷《かんしよ》・甘藷《いも》・薯《いも》** 《ほやほやのほとけの母にふかし薯　西嶋あさ子》 ⌘関東以西でつくられる。畑一面に葉が広がり、蔓が伸びる。この蔓をたどって塊根を掘る。皮は紅紫色で肉の黄色いものが美味。

【芋《いも》】三秋 サトイモ科多年草　**里芋・八頭・芋の葉・芋畑・芋水車・芋の秋** 《芋の葉の八方むける日の出かな　石田波郷》 ⌘芋といえば季語では里芋のことである。十月上旬に収穫する。芋煮会に使うのも里芋である。「芋水車」は、渓流などを利用して芋を洗う用具。中に芋を入れ流れに浸すと回り出して泥を落とす。

【自然薯《じねんじょ》】 三秋 ヤマノイモ科　蔓性多年草の根茎　花期＝夏　**山の芋・山芋《やまいも》・長薯《ながいも》・薯蕷《ながいも》**
《自然薯の全身つひに掘り出さる　岸風三樓《ふうさんろう》》⌘ナガイモの野生種で、山野に自生する。円柱状の多肉根で、折らないように掘るのは難しい。すりおろしてとろ汁などにして食べる。

【牛蒡《ごぼう》（ごばう）】 三秋 キク科越年草　花期＝七〜八月《老の息うちしづめつつ牛蒡引く　後藤夜半》⌘日本人のみが食用として嗜好する。きんぴらごぼう、精進揚げ、味噌漬、柳川鍋など、さまざまな料理でしばしば日常の食卓にのぼる。

【零余子《むかご》】 三秋 自然薯や長薯の蔓や葉が黄ばんだ頃、葉の脇にできる肉芽のこと　**ぬかご**《ほろほろとむかご落ちけり秋の雨　一茶》⌘普通、緑褐色の粒だが、色や形や大きさはさまざま。これを採って炒ったり茹でたりして食べる。飯に炊き込むとむかご飯となる。よく熟れるとほろほろこぼれ落ちてしまう。

【貝割菜《かいわりな》（かひわりな）】 三秋 アブラナ科の大根、蕪、小松菜などが萌え出て子葉の開いた頃をいう。**貝割**《かいわれ》《籠の目にからまり残る貝割菜　富安風生》⌘青く小さな二枚貝が口を開けたような感じなのでこの名がある。現在は、プラスチック容器の中で水耕栽培したものが出回っている。秋蒔きの根菜類の双葉は、涼しくなってきた頃、畝を立てた畑で見かけることができる。これが季語としての貝割菜である。

【間引菜《まびきな》】 仲秋　蕪・大根・小松菜などの間引いた若菜。貝割菜の頃から一週間ないし十日ごとに間引いて大きく育てる。**摘み菜**《つまみな》・**抜菜**《ぬきな》・**虚抜菜**《うろぬきな》《椀に浮くつまみ菜うれし病むわれに　杉田久女》⌘蕪・大根・小松菜などの秋蒔きは二百十日頃まで。貝割菜の頃から一週間ないし十日ごとに間引いて大きく育てる。間引いた菜は、茹でておひたし、ごま和え、汁の実などにして食する。

【紫蘇《しそ》の実《み》】 仲秋　シソ科一年草　花期／果期＝九〜十月　**穂紫蘇**《ほじそ》《紫蘇は実に佐渡の乙女の腫れ瞼　千田一路》⌘仲秋の頃に、葉の腋に小さな実を穂状につける。アオジソとアカジソがあり、摘んで穂状のまま刺身のツマにする。紫蘇の花も愛らしく香りがよい。

【唐辛子《とうがらし》（たうがらし）**】** [三秋] ナス科一年草の実　花期＝夏／果期＝秋　**蕃椒《とうがらし》・鷹の爪**　《美しや野分のあとの唐辛子　蕪村》 ⌘白い花の後についた青い実は、秋に赤く色づく。辛味があるので、摘み採って乾燥させ、香辛料とする。

【茗荷《みょうが》の花《はな》（めうがのはな）**】** [初秋] ショウガ科多年草　花期＝七〜九月　**秋茗荷**　《物忘れかさなる齢《よはひ》花茗荷　神永保》 ⌘半日陰の湿り気のある場所に自生する。畑でも栽培される。淡黄色の可憐な花を開く。蘭に似た品のある花であるが、一日でしぼんでしまう。本種を食べると物忘れしやすくなるという俗説があり、例句はそれを踏まえたもの。

【生《しょう》姜《が》（しやうが）**】** [三秋] ショウガ科多年草　**新生姜・葉生姜《はしょうが》・薑《はじかみ》**　《てんぷらの揚げの終りの新生姜　草間時彦》 ⌘暖地でまれに花をつけるが結実しない。普通は秋に収穫するが、初秋に採ったものは新生姜といい、香りが高く、辛味が強いので、生食用としても喜ばれる。

【稲《いね》の花《はな》】初秋　水田の稲に咲く花。**早稲《わせ》の花**　《あとは風まかせよ稲の花ざかり　青柳志解樹《しげき》》　⌘夏の天気がよい日の午前11時頃に、稲の花が咲いて、一時間くらいの間に受粉してお米ができるようになる。稲の出穂・開花は温度と日照時間に左右され、開花期が遅れると冷害による凶作となる。農家の人々の稲の花を見る眼にはおのずから想いがこもる。

【稲《いね》】三秋　イネ科一年草　花期＝八〜九月　**初穂《はつほ》・稲穂・陸穂《おかぼ》・稲穂波・稲の香・稲の秋・早稲《わせ》・中稲《なかて》・晩稲《おくて》**　《中学生朝の眼鏡の稲に澄み　中村草田男》　⌘季語での「稲」は、「実った稲穂が垂れて、黄金色に輝く秋の稲」のことをいう。

【落《お》ち穂《ぼ》】晩秋　稲刈りの済んだ田や畦に落ちている稲穂のこと。**落穂拾い**　《落穂拾ひ日あたる方へあゆみ行く　蕪　村》　⌘晩秋の夕暮れ時に、老人や子供が落穂を拾う姿にはしみじみとした情感があるが、最近はこうした光景も見られなくなった。画家のミレーが、農民が麦の落穂を拾う姿を描いた「落穂拾い」は有名。

【穭《ひつじ》（ひつぢ）】 晩秋 稲刈りを済ませた後の切り株から再び青い芽が萌え出たものをいう。**穭の穂・穭田《ひつじた》** 《穭伸ぶ遠くはみどりまさりつつ　黒川龍吾》 ⌘田一面を季節はずれの青々とした色に染めあげることもある。無意味に生きるものとして詠まれることもあるが、イネの生命力の強さを詠んだ句も多い。

【玉蜀黍《とうもろこし》（たうもろこし）】 仲秋 イネ科一年草　花期＝五〜八月／果期＝六〜八月　**もろこし・唐黍《とうきび》** 《唐黍に織子のうなじいきいきと　金子兜太》 ⌘いろいろな食べ方があるが、粒をはずさない焼きもろこし・茹でもろこしの味は野趣に富む。今は夏のうちから出まわるものが多いが、俳句では秋。

【黍《きび》】 仲秋 イネ科一年草　花期＝夏／果期＝秋　**黍の穂・黍畑** 《武蔵野の黍を供華《くげ》とす蘆花《ろか》の墓　水原秋櫻子》 ⌘かつては、米・麦などとともに五穀の一つとして栽培されていたが、現在は北海道や徳島など、限られた地域でわずかに栽培されるだけである。

実作ワンポイント⑨

❖野菜の多くが季語に
——生鮮食料品売り場でも季語に出合える！

通年店頭に並び、季節感がなくなったといわれる野菜も、その多くが季語になっている。旬の季節を迎えれば味もよく、豊富に出回って価格も安くなる。そんな変化に気づくようになれば、思いがけない場所で季語に出合えるようになるかもしれない。戸外を歩くだけではなく、時にはスーパーや駅ビルの生鮮食料品売り場などで、俳句の目になってみるのもいいかもしれない。

❖春の野菜…レタス（萵苣《ちしゃ》）、三つ葉（三つ葉芹）、菠薐草《ほうれんそう》、鶯菜《うぐいすな》、水菜、

芥菜《からしな》（芥子菜《からしな》）、春大根、独活《うど》、アスパラガス、春菊、韮《にら》、蒜《にんにく》、浅葱《あさつき》（胡葱《あさつき》）、分葱《わけぎ》、防風（浜防風）、山葵《わさび》、茗荷竹《みょうがたけ》

❖**夏の野菜**…キャベツ、胡瓜、トマト（蕃茄・赤茄子）、茄子、新じゃが、玉葱、パセリ、辣韮《らっきょう》、夏大根、夏葱、紫蘇、茗荷の子

❖**秋の野菜**…南瓜（たうなす・なんきん）、冬瓜、茘枝《れいし》（苦瓜、蔓茘枝）、馬鈴薯《じゃがいも》（馬鈴薯《ばれいしょ》）、甘藷《さつまいも》（薩摩芋・甘藷《かんしょ》）、里芋（芋）、自然薯（山の芋・山芋）、長薯、唐辛子（蕃椒《とうがらし》・鷹の爪・ピーマン）、生姜（新生姜、葉生姜、薑《はじかみ》）、莢隠元《さやいんげん》

❖**冬の野菜**…白菜、葱（根深）、人参、大根《おおね》、蕪（蕪《かぶら》）

【蕎麦《そば》の花《はな》】初秋　タデ科一年草　花期＝八〜九月／果期＝十一月　**花蕎麦**　《ふるさとは山より暮るる蕎麦の花　日下部宵三》　⌘「ソバムギ」が略されてソバとなった。花盛りの頃は白い花で山畑一面が真っ白になる。ソバは痩せた土地でも育ち、早く収穫できるので、ソバの花には、やせ地を耕してきた貧しい土地のイメージが強かった。

【隠元豆《いんげんまめ》】初秋　マメ科一年草　花期＝七〜八月／果期＝九〜十月　**莢隠元《さやいんげん》・花豇豆《はなささげ》・藤豆**　《隠元を膝に娘や滝の前　川端茅舎》　⌘若い莢を収穫したものがサヤインゲンである。

【落花生《らっかせい》(らくくわせい)】晩秋　マメ科一年草　花期＝夏／果期＝秋　**南京豆《なんきんまめ》**　《落花生喰ひつゝ読むや罪と罰　高浜虚子》　⌘花後、子房が伸びて地中に入り、地下五〜六センチのところに、中央がくびれた繭のような莢ができるという珍しい習性をもっている。

【棉《わた》】仲秋　アオイ科一年生草本　花期＝夏〜秋／果期＝秋　**棉の実・棉実る・棉吹く・桃吹く**　《しろがねの一畝の棉の尊さよ　栗生純夫》　⌘花後、秋に桃の形に似た蒴《さく》果《か》をつけ、熟すと三つに裂け白い実が現れる。これを桃吹くとか棉吹くと表現する。種についた純白の綿毛が木綿の原料となるセルロースである。

【秋《あき》草《くさ》】 三秋 秋の草花の総称。**秋の草・千草《ちぐさ》・八千草《やちぐさ》**《秋草を活けかへてまた秋草を　山口青邨》⌘秋の七草（萩、尾花、桔梗、女郎花《おみなえし》、撫子《なでしこ》、藤袴、葛）をはじめ、吾亦紅《われもこう》・竜胆《りんどう》・刈萱《かるかや》のような姿が美しい花や、もろもろの秋の、名もなき花などを表す。

【草《くさ》の花《はな》】 三秋 よく知られている草の花も、名もない野草の花も含め「草の花」という。《草の花ひたすら咲いてみせにけり　久保田万太郎》⌘秋の草の花は総じて可憐で、寂しい感じの花が多い。また、古くから「千草の花」といわれているように、その種類が多い。

【草《くさ》の穂《ほ》】 三秋 イネ科やカヤツリグサ科の雑草など秋に実る穂花。**穂草・草の絮《わた》・草の穂《ほ》絮《わた》**《イエスよりマリアは若し草の絮　大木あまり》⌘カヤツリグサ科やイネ科の雑草には、秋に花穂を出して実をつけるものが多いが、それがほおけて（古くなってほつれる)綿状になったさまを草の絮《わた》という。草の絮は風に乗って遠くへ運ばれていく。

【草の実《み》】三秋　さまざまな秋草の実の総称。《払ひきれぬ草の実つけて歩きけり　長谷川かな女》《草の実も人にとびつく夜道かな　一茶》⌘野山の雑草には秋に実を結ぶものが多いので秋の季語になっている。

【草紅葉《くさもみじ》(くさもみぢ)】晩秋　野の草の紅葉をいう。《帰る家あるが淋しき草紅葉　永井東門居》⌘秋が深まっていくと、樹々が紅葉するだけでなく、野の草も赤く色づく。低山の野草のゲンノショウコやイヌタデ、高山の野草のアサマフウロなどは錦に染まる。

【末枯《うらがれ》】晩秋　草木の先のほうから枯れはじめて、凋落の兆しが見え始めることをいう。**末枯《うらが》る**《末枯の陽よりも濃くてマッチの火　大野林火》⌘秋の終わりのわびしさがただよう風景である。

【秋《あき》の七草《ななくさ》】三秋　「春の七草」に対比しての、秋の七種類の草のこと。萩・尾花《おばな》(すすき)・葛《くず》の花・撫子《なでしこ》・女郎花《おみなえし》・藤袴《ふじばかま》・桔梗《ききょう》をいう。**秋七草**《子の摘める秋七草の茎短か星野立子》⌘ただし、『万葉集』の山上憶良の歌での七草は、桔梗が朝顔になっている。

【萩《はぎ》】初秋 マメ科落葉低木 花期＝六〜十月 **萩の花・白萩《しらはぎ》・紅萩《べにはぎ》・小萩《こはぎ》・山萩・野萩《のはぎ》・こぼれ萩・乱れ萩・括《くく》り萩・萩日和** 《萩にふり芒《すすき》にそゝぐ雨とこそ 久保田万太郎》⌘『万葉集』で花を詠んだ歌の中ではハギがいちばん多い。ハギは古くから日本人に愛されてきた。

【芒《すすき》】三秋 イネ科多年草 花期＝八〜十月 **薄《すすき》・尾花・花芒・糸芒《いとすすき》・縞芒《しますすき》・芒原《すすきはら》** 《おりとりてはらりとおもきすすきかな 飯田蛇笏》《常よりも今日の夕日の芒かな 尾崎迷堂》⌘秋の七草の一つで、秋が来たことを告げる草である。落日の中、芒の穂が薄紅、銀、そしてにび色へと変わるさまは、荘厳な趣がある。

【萱《かや》】三秋 薄《すすき》・刈萱《かるかや》・白茅《ちがや》などのイネ科の多年生草本の総称。**萱の穂・萱原・萱野・刈萱** 《卒然と萱活けられし誕生日 秋元不死男》⌘「かや」という名の植物はない。刈り取った萱（薄など）は屋根を葺くのに用いたので、「刈屋根（カリヤネ）」→カヤと転訛したといわれる。

【蘆《あし》の花《はな》】 仲秋 イネ科多年草　花期＝八〜十月　**蘆の穂・蘆の穂絮《ほわた》・蘆原**　《蘆の穂の片側くらき夕日かな　古沢太穂》　⌘アシは「悪し」に通じるのを嫌って、「善し」に言い換えてヨシとも呼ばれる。

【荻《おぎ》】 三秋 イネ科多年草　花期＝九〜十月　**荻の風・荻の声・荻原**　《風の音や汐に流るる荻の声　幸田露伴》　⌘原野の水辺や湿地に自生。群生することが多い。水面を渡る風に、さわさわと寂しげに鳴るので、「荻の声」として詠みつがれている。

【数珠玉《じゅずだま》】 三秋 イネ科多年草　花期＝九〜十月　**ずず珠《たま》・ずずこ**　《思ひ出す顔みな少女数珠子《ずずこ》採る　西谷文子》　⌘かたい苞鞘《ほうしょう》（葉鞘の変化したもの）を数珠玉に見立てた名前。苞鞘は熟すとさらに硬くなり、色も緑から黒、灰白色へと変化し、光沢のあるかたい玉になる。生け花の材料とされるほか、子供の遊びにも用いられる。

【葛《くず》】 三秋 マメ科蔓性多年草　花期＝七〜九月　**真葛・真葛原・葛の葉・葛嵐**　《葛の蔓

ひたすら垂れて地を探す　沢木欣一》⌘秋の七草の一つ。繁殖力が旺盛で、強い茎が木をよじ登り、地を這い、十メートル以上も伸びていく。葉が風で裏返ると現れる白色の葉裏が印象的で、「裏」を「恨」みにかけて「恨（裏）み葛の葉」などと呼ばれることがある。

【葛《くず》の花《はな》】 初秋　マメ科蔓性多年草　花期＝七～九月《葛の葉の吹きしづまりて葛の花　正岡子規》⌘花は、豆の花に似ている。赤紫の蝶形花で、大きな葉に隠れがちだが、藤にも似ている美しい花である。花は酢の物にするとおいしい。

【郁《む》子《べ》】 初秋　アケビ科常緑蔓性木本　花期＝四～五月／果期＝十月　**うべ・郁子の実**《約束の郁子提げて夫《つま》見舞ふなり　石田あき子》⌘十月頃に熟す紫色の果実もアケビの実に似るが、アケビの実のように裂けることはない。

【藪枯《やぶか》らし】 初秋　ブドウ科多年草　花期＝七～八月　**貧乏かづら**《やぶからし己れも枯れてしまひけり　辻田克巳》⌘役に立たず、他のものにからみつき、この草が茂ると藪さえも枯れてしまうというので、この名に。特異な臭気を持ち、根絶やしが困難な害草であるが、秋には細かい花を咲かせ、散った後の薄いオレンジ色の花床が印象的である。

【撫子《なでしこ》】 初秋 ナデシコ科多年草　花期＝七～十月　**川原撫子・大和撫子**　《撫子や波出直してやや強く　香西照雄》⌘秋の七草の一つ。花と葉があまりに可憐なので、見ている者が、小さな子供を撫でるような慈しみの心になるというので、この名に。

【野菊《のぎく》】 仲秋 キク科の総称。**野紺菊《のこん》・嫁菜《よめな》**　《頂上や殊に野菊の吹かれ居り　原　石鼎《せきてい》》⌘「野菊」という名の植物があるわけではない。野菊と呼ばれる主なものは、紺色の野紺菊、黄色の油菊・粟黄金菊・磯菊、白色の竜脳菊・小浜菊・野路菊など。嫁菜も野菊の一つだが、摘草の対象として春の季語になっているので注意が必要。

【狗尾草《えのころぐさ》（ゑのころぐさ）】 三秋 イネ科一年草　花期＝八～十月　**猫じゃらし・ゑ《え》のこ草**　《ゑのころのくすぐつたいぞ牛の鼻　石田勝彦》⌘花穂が狗《こいぬ》（子犬）の尾（尻尾《しっぽ》）に似ている

のでこの名に。また、この穂で猫をじゃらすのでネコジャラシとも呼ばれる。

【牛膝《いのこずち》（ゐのこづち）】三秋 ヒユ科多年草　花期＝八〜九月　《庭を来る喪服の裾にゐのこづち　伊藤一竹》 ⌘苞《ほう》にトゲがあり、衣服や動物の体に付着し、種子が運ばれる。

【藤袴《ふじばかま》（ふぢばかま）】初秋 キク科多年草　花期＝八〜九月　《一泊を京にある日の藤袴　林桂》 ⌘秋の七草の一つだが、見ても気づかないことが多い楚々とした花である。乾燥すると桜餅の葉のような芳香を放つ。アサギマダラの食草の一つとして知られている。

【藪虱《やぶじらみ》】三秋 セリ科越年草　花期＝六〜七月　**草虱**　《草じらみ袖振り合ふも句兄弟　川端茅舎》 ⌘鉤《かぎ》のあるトゲが衣服に食い込んで離れにくいのでこの名がある。俳句では草虱というほうが多い。こんな名前ではあるが、姿はスマートで、くすんだ紫色の葉先が美しい。

【曼珠沙華《まんじゅしゃげ》（まんじゆさげ）】仲秋 ヒガンバナ科多年草　花期＝九〜十月　**彼岸花・死人花《しびとばな》・天蓋花《てんがいばな》・幽霊花《ゆうれいばな》・捨子花《すてごばな》・狐花《きつねばな》・まんじゅさげ**　《他の花は世になきごとし曼珠沙華　橋本美代子》

⌘曼珠沙華は「法華経」に出てくる梵語で、「赤い花」を意味するといわれる。ちょうど秋の彼岸の頃に咲く。咲き終わってから葉が出て、春まで青々と茂っている。

【桔《き》梗《きょう》（ききやう）】初秋　キキョウ科多年草　花期＝八〜九月　**きちかう・白桔梗**　《きりきりしやんとしてさく桔梗かな　一茶》　⌘秋の七草の一つ。俳句では本種のことを今でも「きちこう（きちかう）」ということがある。

【千屈菜《みそはぎ》】初秋　ミソハギ科多年草　花期＝七〜八月　**鼠尾草《みそはぎ》・溝萩《みぞはぎ》**　《千屈菜や若狭小浜《をばま》の古寺巡り　湯下量園》　⌘お盆に、本種の花穂を水で濡らして振って、供え物に滴を落として浄めたことから、「禊《みそぎ》をする萩」ということでこの名に。漢方では本種を「千屈菜《せんくつさい》」と呼ぶ。

【女郎花《おみなえし》（をみなへし）】初秋　オミナエシ科多年草　花期＝八〜十月　**をみなめし**　《夕冷えの切石に置くおみなへし　日野草城》　⌘秋の七草の一つ。山野の草むらや土手などに自生。草姿がしっとりとして優しい感じがする。

実作ワンポイント⑩

❖名前を知らない植物を見かけたら

いつも歩いている道でも、俳句の目になって歩けば吟行である。道端でも、都会の植え込みや街路樹でも、季語は見つけられる。

植物に詳しい仲間と歩けば、草花の名を教えてもらうことができるかもしれないが、一人で歩くなら、本書とスマートフォンがあれば便利である。

インターネット上には植物の写真が数多くアップされているので、「道端」「黄色い花」「雑草」「○月」などとキーワードを入力して検索してみると、ヒットした写真がずらりと並ぶ。その中から似たものを探していくと案外うまく見つかるかもしれない。名前がわかったら、本書の出番である。索引から季語にたどりつけるのである。

スマートフォンは使わないという人なら、カメラはどうだろう。写真を撮っておき、図鑑でじっくり調べるのだ。絵の好きな人なら、スケッチしておいてもいい。

秋

【男郎花《おとこえし》（をとこへし）】 初秋 オミナエシ科多年草　花期＝七〜十月　**をとこめし**　《男郎花名もなき草の仲間かな　高木晴子》　⌘女郎花に似ているが、やや大きくて、がっしりとした感じがするのでこの名に。

【吾亦紅《われもこう》（われもかう）】 仲秋 バラ科多年草　花期＝八〜十月　《吾も亦紅《またくれなゐ》なりとひそやかに　高浜虚子》　⌘小さいながら紅色の花を咲かせるところから、「我も紅」と主張していると見なしての名前とする説がある。

【水引《みずひき》の花《はな》（みづひきのはな）】 仲秋 タデ科多年草　花期＝八〜十月　**水引草《みずひきそう》**　《水引はゆふぐれの花影さへなし　福島小蕾》　⌘祝儀に用いる紅白の水引に似ているところからこの名に。

【竜《りん》胆《どう》（りんだう）】 仲秋 リンドウ科多年草　花期＝八〜十一月　**笹竜胆・深山《みやま》竜胆**　《あざやかに女である日竜胆咲く　椹木啓子》　⌘秋の野山で見かける代表的な草花。茎先に美しい紫色の筒形の花をつける。

【杜鵑草《ほととぎす》】仲秋 ユリ科多年草　花期＝八〜十月　**時鳥草《ほととぎす》・油点草《ほととぎす》**《紫の斑《ふ》の賑《にぎわ》しや杜鵑草　轡田《くつわだ》進》⌘花びらの斑が野鳥のホトトギスの胸にある斑に似ているのでこの名に。

【松虫草《まつむしそう》（まつむ しさう）】初秋 マツムシソウ科二年草　花期＝八〜十月《紫の泡を野に立て松虫草　長谷川かな女》⌘山地や高原の日当たりのよい草地に自生する。高原のハイカーに秋の訪れを知らせる草。日本特産の代表的な秋草である。

【露草《つゆくさ》】三秋 ツユクサ科一年草　**月草《つきくさ》・蛍草《ほたるぐさ》**《ことごとくつゆくさ咲きて狐雨《きつねあめ》　飯田蛇笏》⌘蛤《はまぐり》形の青い小さな花が朝露に濡れて咲く姿が美しいのでこの名に。

【鳥兜《とりかぶと》】仲秋 キンポウゲ科多年生有毒草本　花期＝八〜十月　**烏頭《とりかぶと》**《今生は病む生なりき烏頭　石田波郷》⌘花の形が雅楽の演奏者がつける冠の「鳥兜」に似ていることからこの名に。よく知られているように毒性が強い草である（特に根は猛毒）。

【蓼《たで》の花《はな》】初秋 タデ科一年草〜多年草　**蓼の穂・桜蓼・ままこのしりぬぐひ**《食べてゐる

牛の口より蓼の花　高野素十》⌘蓼の種類は多いが、通常はヤナギタデ（別名ホンタデ）をさす。ヤナギタデの葉は非常に辛いのだが、一日中、この葉だけを食べる虫がいることから「蓼食う虫も好きずき」という諺が生まれた。

【赤のまんま】 初秋　タデ科一年草　花期＝七～十一月　**赤のまま・赤まんま・犬蓼《いぬたで》の花**　《此辺の道はよく知り赤のまゝ　高浜虚子》⌘花穂についているツブツブの赤い蕾を女児が摘み、ままごと遊びで赤飯になぞらえるのでこの名がある。

【烏《からす》瓜《うり》】 晩秋　ウリ科蔓性多年草　花期＝八～九月　《蔓切れてはね上がりたる烏瓜　高浜虚子》⌘林縁や藪陰《やぶかげ》に自生する。未熟果には縦縞があるが、十月頃には朱赤色に熟す。枯葉だらけの藪中に朱赤色の果実が吊り下がる風景には晩秋の情緒が感じられる。

【蒲《がま》の絮《わた》】 初秋　ガマ科多年草　花期＝六～八月　**蒲の穂絮《ほわた》**　《くだけ落つ蒲の穂わたのはなやかに　星野立子》⌘夏、茎の先に花穂（ソーセージのように見える）を出すが、秋になるとその穂がほぐれて、穂絮となって飛散する。ちなみに、「因幡の白兎」の赤裸になった兎は、この穂絮にくるまったという。

【菱《ひし》の実《み》】 晩秋 アカバナ科一年草　花期＝夏　**菱採る**　《菱の実に触るるや沼の底さわぐ　加藤知世子》 ⌘菱は池や沼に自生し、秋になると、葉の間にかたい実をつける。この実を食用として、船やたらいに乗って採るのが「菱の実採り」である。

【水草紅葉《みずくさもみじ》（みづくさもみぢ）】 晩秋 秋に水田や沼、湖などの浮き草の類が色づくこと。**水草紅草《みくさもみじ》・萍紅葉《うきくさもみじ》・菱紅葉《ひしもみじ》**　《水草紅葉広瀬となりて川やさし　山田みづえ》 ⌘晩秋、小さな萍が紅葉して水面に漂う姿を見ると、秋の深まりが感じられる。

【茸《きのこ》】 晩秋 秋の山林に出るキノコ類の総称。**菌《きのこ》・茸《たけ》・椎茸《しいたけ》・初茸《はつたけ》・毒茸《どくたけ》・毒茸《どくきのこ》・茸汁《きのこじる》・松茸・占地《しめじ》**　《爛々と昼の星見え菌《きのこ》生え　高浜虚子》 ⌘茸狩りは秋の楽しみの一つだが、なかには猛毒を持つ茸もあるので注意が必要。

冬

【冬《ふゆ》の梅《うめ》】仲冬 冬のうちから咲きだす梅。**寒梅《かんばい》・寒紅梅《かんこうばい》・冬至梅《とうじばい》**《ゆつくりと寝たる在所や冬の梅　惟然》⌘梅は早春に咲きはじめるものだが、種類によっては冬の初めから咲くものもある。なかでも「寒梅」は特に気品がある。「寒紅梅」は十二月頃から咲きはじめ、紅色もしくは淡紅色で美しい。いずれにしても、立春以前に咲くウメは蕾であっても心ときめく。

【早《そう》梅《ばい》（さうばい）】晩冬 早咲きの梅のことで品種名ではない。**梅早し**《早梅や深雪のあとの夜々の靄《もや》　増田龍雨》⌘暖冬の年や日当たりのよい山裾などで、季節に先んじて開くウメ。ものみな枯れた中で花を開き、春を予感させる。春が近くなって、そろそろ梅が咲いていないかと探しに出歩くことを「探梅」といい、冬の季語になっている。

【蠟《ろう》梅《ばい》（らふばい）】晩冬 ロウバイ科落葉低木　花期＝十二月中旬〜二月　**臘梅《ろうばい》・唐梅《からうめ》**《臘梅に日の美しき初箒　遠藤悟逸《ごいつ》》⌘香りがよく、花びらが黄色で薄く半透明で、臘細工のように見えるためにこの名に。

【帰《かえ》り花《ばな》(かへりばな)】 初冬 サクラ・モモ・ヤマブキ・ツツジなど、本来は春から夏に咲く花が、十一月頃の小春日和に花を咲かせること。**返り花・忘れ花・狂ひ花** 《日に消えて又現れぬ帰り花　高浜虚子》 ⌘元禄期の俳人(芭蕉ほか)が好んで用いた季語である。

【寒《かん》桜《ざくら》】 三冬 冬に咲く桜のこと。**緋寒桜《ひかんざくら》・寒緋桜《かんひざくら》・冬桜** 《緋寒桜見むと急ぎて日暮れけり　辺見京子》 ⌘冬に咲く桜には、冬桜と寒桜があり、冬桜は十二月から一月にかけて咲き、寒桜(正しくは緋寒桜)は九州・沖縄などの暖地に咲く。

【冬薔薇《ふゆそうび》(ふゆさうび)】 三冬 薔薇が冬に入ってからも名残りの花を開くさま。**冬薔薇《ふゆばら》・寒薔薇《かんそうび》** 《冬さうび咲くに力の限りあり　上野章子》 ⌘変色した葉を木枯らしで落としながらも、輪をつめた花を開こうとするけなげさを想うとせつなくなる。

【寒牡丹《かんぼたん》】 三冬 観賞用として、春に蕾を摘みとって花期を遅らせ、真冬に入ってから咲くように栽培された牡丹の花のこと。**冬牡丹** 《狂はねば恋とは言はず寒牡丹　西嶋

冬

あさ子》 ⌘藁の霜囲いの中で咲くさまは、豪華な感じがする。寒さに耐えて咲く珍しさもあるが、本来咲く時期でない時に人の手が加わって咲く哀れさもある。

【寒《かん》椿《つばき》】 晩冬 ツバキ科常緑高木 花期＝十二～二月 **冬椿** 《赤き実と見てよる鳥や冬椿 太祇》 ⌘冬期の間に早咲きするツバキの総称。「冬椿」または「早咲きの椿」ともいわれる。普通のツバキの開花は三月頃なので、冬期に咲く本種の艶やかな紅い花々には、かすかに春の便りを聞くことができる。

【侘《わび》助《すけ》】 三冬 ツバキ科常緑高木または低木 花期＝十一～三月 **侘助《わびすけ》** 《侘助の落つる音こと幽《かす》かなれ 相生垣瓜人《あいおいがきかじん》》 ⌘唐椿《とうつばき》の園芸種。ヤブツバキに似るが、花は一重咲きで小さく、葉も細めで艶がある。全体に控えめで茶花に向いている。雄しべが退化しているので結実しないことが多い。

【山茶花《さざんか》（さざんくわ）】 初冬 ツバキ科常緑中高木 花期＝十～十二月 《山茶花は咲く花よりも散つてゐる 細見綾子》 ⌘漢名の山茶花《サンサクワ》からサザンクワに転訛したといわれる。

初冬から咲き始めて、冬枯れの景色を明るく彩る。ツバキに似ているが、ツバキより枝が細くて葉も小さい。また、ツバキは花がまるごと落ちるが、本種は一枚ずつばらばらになって落ちる。カンツバキという山茶花の品種が公園などによく植えられている。これも山茶花として詠むべきだろう。

【八手《やつで》の花《はな》】 初冬 ウコギ科常緑低木 花期＝十一〜十二月 **八つ手の花・花八手** 《どの路地のどこ曲つても花八ッ手 菖蒲あや》 ⌘日本原産。十九世紀半ばにシーボルトによってヨーロッパに渡り、欧米では観葉植物として人気がある。

【茶《ちゃ》の花《はな》】 初冬 ツバキ科常緑低木 花期＝十〜十一月 《茶の花や働くこゑのちらばりて 大野林火》 ⌘茶摘みの風景はよく知られているが、茶の花の知名度は低い。茶の花は、初冬の穏やかな陽を浴びて黄金色の雄しべを輝かせる、小さいながら美しい花である。茶処では「お茶の花」と詠まれる場合もあるが、一般には「茶の花」と詠むのが正しい。冬の剪定でとってしまうことが多いので、手入れされた茶畑ではほとんど花を見ない。

【寒木瓜《かんぼけ》】晩冬 バラ科落葉低木　花期＝十一〜三月《寒木瓜や日のあるうちは雀来て　永作火童《かどう》》⌘寒中に咲くボケのこと。開花するのが真冬で、花が非常に少ない時期だけに鉢植えなどにして珍重される。

【室咲《むろざき》】三冬 春に咲く花を、冬の間に温室などで咲かせ、クリスマスや正月用として市場に供給するもの。**室の花**《やはらかに反れる花びら室の花　清崎敏郎》⌘今では、シクラメン、フリージア、スイートピーなど、人気の春咲き草花のほとんどが、温室で促成栽培されている。

【ポインセチア】仲冬 トウダイグサ科低木　花期＝十二〜二月《客を待つ床屋のポインセチアかな　亀田虎童子《こどうし》》⌘クリスマスシーズンになると鉢物や切り花として出回る。燃えるような緋色に色づく部分は花ではなく苞葉《ほうよう》である。

【枯芙蓉《かれふよう》】三冬 アオイ科落葉低木　花期＝八〜九月　**芙蓉枯る**《老女とはかゝる姿の

枯芙蓉 松本 長》⌘秋に淡紅色の美しい花を咲かせていた芙蓉も冬は葉を落として枯れつくす。ときに枝先に毛深い果実を残したまま、乾ききった姿で立ちつくす。生け花では、この実のついた茎を好んで花材とする。

【青木《あおき》の実《み》（あをきのみ）】 三冬 アオキ科常緑低木 花期＝十二〜五月 《掃きつめし雪なだらかや青木の実 佐久間法師》⌘若い枝が青いのでこの名に。夏から秋にかけて俵型の小さな実を結ぶが、その実は冬の深まりにつれて真っ赤になり、二月頃まで冬枯れの庭を彩る。本種の上に雪が降り積もった姿は美しい。

【蜜《み》柑《かん》】 三冬 ミカン科常緑高木 花期＝五〜六月 **蜜柑山** 《火の島の裏にまはれば蜜柑山 篠原鳳作》⌘ミカンの古名は「柑子《こうじ》」。室町時代の頃に蜜のように甘い品種が出てきたので、「蜜」と「柑」を合わせて、「蜜柑」の名に。現在では、普通、ミカンというと温州蜜柑《うんしゅうみかん》をさす。

【朱欒《ざぼん》】 三冬 ミカン科常緑小高木 花期＝五月 果期＝十一〜十二月 **うちむらさき・**

文旦《ぶんたん／ぼんたん》《ふりそそぐ日に戯れて朱欒もぐ　石田波郷》⌘インド東部など南アジア原産。日本では九州南部や四国で栽培される。宅地に植えられることが多い。独特な芳香をもち、帯黄色《たいおうしょく》の果皮は厚い。子供の頭ほどもありそうな果実の量感も南国産らしい。

【枇杷《びわ》の花《はな》】（びはのはな）【初冬】バラ科落葉高木　花期＝十一～二月　**花枇杷**《蜂のみの知る香放てり枇杷の花　右城暮石》⌘温帯の果実なのに、珍しく冬に花が咲く。クリーム色の小さな花で愛らしく、よい香りがする。初夏に橙色の実を結ぶ。

【冬《ふゆ》紅葉《もみじ》】（ふゆもみぢ）【初冬】冬になっても見られる紅葉のこと。《夕映に何の水輪や冬紅葉　渡辺水巴《すいは》》⌘錦木《にしきぎ》や櫨《はぜ》などが冬紅葉の代表。

【紅葉《もみじ》散《ち》る】（もみぢちる）【初冬】冬になって、紅葉が「散り急ぐさま」のこと。《行きあたる谷のとまりや散る紅葉　許六》⌘「紅葉且つ散る」（「秋」参照）は、「木々の葉が紅葉しながら同時にその葉が散っていくさま」のことだったが、「紅葉散る」は、舞い落ちる葉の動きが感じられる。

【木《こ》の葉《は》】 三冬 散っていく木の葉、散り敷いた木の葉、落ちようとして木に残っている葉を含めていう。**木の葉散る・木の葉雨・木の葉時雨** 《木の葉ふりやまずいそぐないそぐなよ　加藤楸邨》 ⌘「紅葉」などのように、木の葉に色がつけば秋の季語だが、「木の葉」だけだと冬の季語になっているのは、冬に見られる木の葉が散る形、地面に散り敷いた形、枝に残る形などを言い取っているから。

【枯《かれ》葉《は》】 三冬 冬の草木の枯れた葉のこと。《しがみ付く岸の根笹の枯葉かな　惟然《いぜん》》 ⌘「落葉」「木の葉」よりもいっそう強く、落葉樹の冬の姿を表している。

【落《おち》葉《ば》】 三冬 冬になって、樹木の葉が枝から落ちること、あるいは、地面に落ちた葉そのもの。**落葉時《どき》・落葉掻《かき》・落葉籠《かご》・柿落葉・朴落葉《ほおおちば》・銀杏落葉《いちょうおちば》** 《雄鶏《おんどり》や落葉の下に何もなき　西東三鬼》 ⌘一般には、葉が木から落ちることを「落葉《らくよう》」といい、落ちた葉のことを「落葉《おちば》」という。「栗落葉」「朴落葉」など木の名を冠して使うことも多い。

実作ワンポイント⑪

❖詠みたいと思った植物が季語になっていない場合、どうするのがいいか

俳句の季語は時代とともに増えているが、植物でいえば「皇帝ダリア」などの新しい園芸品種や、「タカサブロウ」などあまり知られていない雑草を俳句に詠みたいと思うことがある。

皇帝ダリアはおもに冬に咲くものなのに、歳時記では夏の季語「ダリア」の傍題として扱われてしまうこともあり、実情と大きく異なってしまう。冬の句なのに、夏の句と思われてしまうのだ。タカサブロウ(高三郎)は花期が長いせいもあって季語とされていない。

そんなときは、ほかの季語と組み合わせて詠んでみてはどうだろう。

たとえば

逆光の皇帝ダリア冬浅し

吹かれゐて高三郎は秋の空

など。

今、目の前に咲いているからといって、無理に季語扱いすることはない。けれど、どうしても季語として詠みたい！　と思ったら頑張っていい句を作り続けることである。優れた例句が出てくれば、新しい季語として新しい歳時記に収録されるかもしれない。

【冬《ふゆ》木《き》】三冬　落葉・常緑の別を問わず、冬の景色として、冬木・冬木立と詠む。**冬《ふゆ》木立《こだち》・冬木影《ふゆきかげ》・冬木道《ふゆきみち》**　《売家《うりいへ》につんと立たる冬木かな　一茶》　⌘冬の樹木をさすが、主に高木をいい、低木にはあまり用いない。

【寒《かん》林《りん》】三冬　冬枯れの林。冬木立とほぼ同義。**寒木《かんぼく》**　《寒林を見遣るのみにて入りゆかず　星野麥丘人《ばくきゅうじん》》　⌘「カンリン」という語感は、「冬木立」よりも強い響きを持つため、静けさに寒気が加わり、奥行きのある情景を想像させる。

【名《な》の木《き》枯《か》る】三冬　銀杏などのような名前をよく知られた木が落葉して枯れ果てた姿をいう。**銀杏《いちょう》枯る・欅《けやき》枯る・桑《くわ》枯る・葡萄《ぶどう》枯る・蔦《つた》枯る**　《落葉松《からまつ》の枯れおそろしき月夜かな　田辺正人》　⌘ただ、「名の木枯る」は俳句の世界の独特な言葉で、通常は、「銀杏枯る」「欅枯る」というように、具体的な木の名をつけて用いることが多い。

【枯《かれ》木《き》】三冬　冬季に、葉を落として裸木の状態になった落葉樹のこと。**裸木《はだかぎ》・枯枝・枯木立・枯木道・枯木山・枯木星**　《枯木星また、きいでし又ひとつ　水原秋櫻子》　⌘

「枯死」した木のことではない。枯木の枝が枯枝、枯木の木立が枯木立。枯木星は枯木ごしに見える星のこと。

【枯《かれ》柳《やなぎ》】 三冬 シダレヤナギの冬枯れた姿のこと。**柳枯る・冬柳** 《柳枯れし日向ゆつくり人が来る　安藤甦浪》 ⌘ほかのヤナギとは違い、柔軟で繊細な枝は芽吹きのときからこの枯柳に至るまで、人の心を引きつける。暖地の日だまりでは、冬でも青葉を残したままのことがあり、俳句ではこれを冬柳という。

【枯《かれ》蔓《づる》】 三冬 蔓性植物の枯れ果てたさま。《叱られて窓の枯蔓見てをりぬ　今井千鶴子》 ⌘欧米の植物学者の目には熱帯的に映るほど、わが国に蔓性植物が繁茂しているのは、夏が高温多湿のためである。蔓性植物は冬枯れの姿が変化に富んでいる。山野ではヤマブドウ・マタタビ・クズなどが、庭先ではテッセン・ノウゼンカズラなどが枯れ、またクズカズラは垂れ下がって枯れ、フジの蔓は蛇のようにわだかまって枯れ果てる。

【冬《ふゆ》枯《がれ》】三冬 草木がすべて枯れ果ててしまい、一面に荒涼とした景色が広がる冬の野山のこと。**枯《かれ》・枯る・霜枯《しもがる》**《冬枯や芥しづまる川の底　移竹《いちく》》⌘「冬枯」は草木の一本についてもいうが、冬の野山・山里の景観をいうほうが、蕭条《しょうじょう》とした寂しさが伝わる。

【雪《ゆき》折《おれ》（ゆき をれ）】晩冬 常緑樹の葉に雪が積もり、幹や枝が折れること。《雪折れの竹生きてゐる香をはなつ　加藤知世子》⌘マツ・スギ・ヒノキなどは、枝が密生しており、常緑樹なので葉が落ちないために雪が積もりやすく、幹や枝が折れることがしばしばある。折れた枝が寒空に傷口をさらしているのは痛ましい。

【冬《ふゆ》芽《め》】三冬 落葉樹の、来春に萌え出す用意をしている芽のこと。**冬木の芽**《木々冬芽凍《いて》のゆるみに濃紫　前田普羅《ふら》》⌘冬芽は常緑樹にもつくが、落葉樹のようには目立たない。

【冬《ふゆ》苺《いちご》】三冬 バラ科常緑蔓性小低木　花期＝九〜十月　**寒苺《かんいちご》**《余生なほなすことあら

む冬苺　水原秋櫻子》 ⌘イチゴは、多年草のものと低木のものがあり、かつては、草本性のものは「苺」、木本性のものは「莓」と表記していた。最近は冬期に温室栽培された大粒のオランダ苺が出回っているために、この苺のことも冬苺と呼ぶ。フユイチゴはキイチゴの仲間で、林縁に見かけることが多い。冬に一センチほどの深紅の実をつけ、甘くておいしいが、冬に出回る大きなオランダイチゴとは趣がまったく異なる。詠むときは注意が必要。

【柊《ひいらぎ》の花《はな》（ひひらぎのはな）】 初冬 モクセイ科常緑小高木　花期＝十一～十二月 **花柊《はなひいらぎ》・花柊《ひらぎ》** 《柊の花のともしき深みどり　松本たかし》 ⌘庭木や生け垣として植えられている。葉は濃緑色で光沢があり、鋸《のこぎり》の歯のようなギザギザがあるのが特徴。この葉のまにまに清楚で美しい花を咲かせる。花の色は純白。初冬に木犀とも少し違う淡い香りがすっと流れてくることがある。何か懐かしい気持ちにさせる冬の香りである。

【寒《かん》菊《ぎく》】 三冬 広義には冬に咲く菊の総称であるが、ふつうは、冬咲きの園芸品種をさす。

冬菊《ふゆぎく》・霜菊《しもぎく》 《寒菊のあとも寒菊挿しにけり　橋下末子》 ⌘慎ましさの中にも凛とした気品のある花である。

【水《すい》仙《せん》】晩冬　ヒガンバナ科多年草　花期＝十一〜四月　水仙花《すいせんか》・野水仙《のずいせん》 《水仙の小さなかほの犇《ひし》めきぬ　石田郷子》 名前は漢名「水仙」の音読み。海岸近くに群生する。黄水仙や喇叭水仙などの大型の園芸品種は春の季語。

【葉《は》牡《ぼ》丹《たん》】晩冬　アブラナ科二年草、多年草　花期＝四月 《二株の葉牡丹瑠璃《るり》の色違ひ　西山泊雲》 ⌘冬に上部の葉が渦巻くように色づくので牡丹の花にたとえてこの名前がつけられているが、本種は花ではなく、キャベツの変種である。アブラナ科なので、植えたままにしておくと「茎立」して菜の花に似た花を咲かせる。

【千《せん》両《りよう》（せんりやう）】三冬　センリョウ科常緑小低木　花期＝六〜七月　実千両《みせんりよう》 《いくたび病みいくたび癒えき実千両　石田波郷》 ⌘名前の縁起の良さから、正月に飾る花材にされる。

【万両《まんりよう》（まんりやう）】 三冬 サクラソウ科常緑低木　花期＝七月　**実万両《みまんりよう》**《座について庭の万両憑《つ》きにけり　阿波野青畝《せいほ》》 ⌘よく似た千両との見分け方は、葉の上に実を現すのが千両で、葉の下に実が垂れるのが万両。

【藪柑子《やぶこうじ》（やぶかうじ）】 三冬 サクラソウ科常緑小低木　花期＝七〜八月／果期＝十月 《藪柑子夢のなかにも陽が差して　桜井博道》 ⌘古くから日本人に愛されてきた植物。寒い冬でも緑の葉と赤い実が落ちずに残るところから縁起物とされ、万両や千両に対して「十両」とも呼ばれる。鉢植え、盆栽などに用いられる。

【枯菊《かれぎく》】 三冬 寒さや霜で傷つき、枯れてゆく菊のこと。**菊枯る** 《枯菊と言捨てんには情あり　松本たかし》 ⌘菊は花期が長く、花はなかなか散らず、そのまま萎れ、葉茎が枯れ萎れた花をつけている。そのさまに「艶」を見てつくられたのが、右の例句である。「残菊」「晩菊」と呼ばれつつ、色あせながらも懸命に咲き続けていた小輪の菊たちも、やがて寒さと霜によって枯菊となる。

【枯芭蕉《かればしょう》（かればせう）】三冬 冬になって枯れた芭蕉のこと。**芭蕉枯る**《枯芭蕉いのちのありてそよぎけり　草間時彦》⌘秋の風雨で裂かれてしまった大きな葉は、冬になるとさらに破れて枯れてしまう。俳句では本種の大きな葉が季節ごとに見せる劇的な変化に注目し、松尾芭蕉も俳号を本種からとっている。

【枯蓮《かれはす》】三冬 枯れ果てたハスの姿。**枯蓮《かれはちす》・蓮枯《はすか》る・蓮の骨**《魂の抜けし姿に蓮枯るる　今井つる女》⌘池水に折れ曲がった茎や葉、実の残骸を見るのは、夏の日におおらかに開いていた花や、夕立の後に大きな葉の上で輝いた水玉の美しさを想うと痛ましく哀れである。

【冬菜《ふゆな》】三冬 白菜、小松菜、野沢菜など、秋口に種を蒔いて、冬の間に採収して食用にする菜類の総称。**冬菜畑《ふゆなばた》**《門川や冬菜洗へば用なささう　阿波野青畝》⌘冬菜は寒さに強く、簡単な霜よけをするだけで育つ。漬物、汁の具、油炒めなどにする。

【白菜《はくさい》】三冬 アブラナ科一、二年草《真二つに白菜を割る夕日の中　福田甲子雄》

⌘中国原産。日本でも古くからあったと思われがちだが、生産が安定したのは大正以降のことである。漬物、鍋物、煮物などに使う。

【葱《ねぎ》】 晩冬 ユリ科多年草　**一文字《ひともじ》・根深《ねぶか》・葱畑《ねぎばたけ》**　《夢の世に葱をつくりて寂しさよ　永田耕衣《こうい》》　⌘関東では「根深」という品種の白い部分を食べるが、関西では葉ネギという緑葉を食べる。東日本では深谷ネギ、関西以西では九条ネギが有名。

【人《にん》参《じん》】 三冬 セリ科一年草または二年草　**胡蘿蔔《にんじん》**　《猿飼ふて人参うるや寺の前　松瀬青々》　⌘夏に種を蒔き、霜の降りる頃に収穫したものが美味とされている。この頃にとれた人参には、赤みを帯びた色と、香りと、ほのかな甘味がある。

【大《だい》根《こん》】 三冬 アブラナ科一、二年草　**大根《だいこ》・大根《おおね》・大根畑《だいこんばたけ》・大根畑《だいこばた》**　《流れ行く大根の葉の早さかな　高浜虚子》　⌘古名をオホネといい、古くから栽培されてきた。漬物や煮物、大根おろしなど、幅広く利用されている。八〜九月に種を蒔いて、年内に収穫する。

【蕪《かぶら》】三冬 アブラナ科一年生草本 **蕪《かぶ》・赤蕪《あかかぶ》・緋蕪《ひかぶら》・蕪畑《かぶらばた》・蕪畑《かぶらばたけ》** 《蕪白し順縁に母送らねば 目迫秩父《めさこちちぶ》》 ⌘用途は大根に似ているが、大根ほど栽培量は多くない。八月下旬に種を蒔いて十一月頃から取り入れる。千枚漬けなどの漬物にされる。

【麦《むぎ》の芽《め》】初冬 晩秋から初冬に蒔いた麦の種子から出た芽。《麦の芽をひとつもらさず朝日照る 百合山羽公《うこう》》 ⌘麦の若芽は厳しい寒風の下で少しずつ葉を広げ伸びていく。その姿は、冬枯れの中の希望に映る。年を越すとかなり育ち、麦踏みも始まる。

【冬《ふゆ》草《くさ》】三冬 冬になっても枯れ残っている草、また常緑の草のこと。**冬の草** 《冬草やはしごかけ置く岡の家 乙二》 ⌘冬の午後、ふらりと散歩に出て、道端や空き地などで冬草を見かけると、小さくても確かな生命がそこにあることが感じられ、胸をうたれる。

【名《な》の草《くさ》枯《か》る】三冬 枯草のなかでも特に名のある草の枯れたものの総称。**名草《なぐさ》枯る** 《まぎれぬや枯れて立つても女郎花《をみなえし》 一茶》 ⌘「竜胆《りんどう》枯る」「鶏頭《けいとう》枯る」などというように、具体的に草の名をあげ、それが枯れているさまを詠む。

【枯葎《かれむぐら》】三冬 生い茂って藪をつくるような草が立ち枯れている姿。《あたたかな雨がふるなり枯葎　正岡子規》⌘最近は、都会で枯葎を見かけるのは線路脇の土手ぐらいになった。

【枯蘆《かれあし》】三冬 イネ科多年草 **枯芦《かれあし》・枯葦《かれあし》・蘆枯る・枯葦原** 《枯蘆やされどひらけし景一つ　久保田万太郎》⌘葉も穂も枯れ落ちやがて茎だけになる。茎の丈は一～三メートルほどで、白色を帯びた竹のような姿になって、水辺に寂しげに林立する。

【枯萩《かれはぎ》】三冬 マメ科落葉低木 **萩枯る** 《枯萩を焚く閑日《かんじつ》の濃きけむり　山口草堂》⌘秋の七草の一つであるハギは、秋に花期を終えると細かい実をつけ、まもなく葉が散りはじめ、初冬には実をつけたまま枯萩となる。この時期の立ち枯れたハギの姿はなんとも侘しい感じがし、冬到来の感が深くなる。

【枯芒《かれすすき》】三冬 イネ科多年草 **枯薄《かれすすき》・冬芒《ふゆすすき》・枯尾花《かれおばな》** 《吹きあて丶こぼる丶砂や枯芒　松本

実作ワンポイント⑫

❖俳句は庶民の文芸で自由
――だからこそ歳時記を読んで季語の知識を蓄えよう

初心の人はそれと知らずに「季重なり」の俳句を作ることが多いようである。たとえば、

汗拭いて向日葵見てる麦藁帽

は、「向日葵」を詠んだものだが、「汗」「麦藁帽」も夏の季語なので、三つも季語が入ってしまった。

敬老の日の花柄のマスクかな

は、「敬老の日」が秋で、「マスク」は冬の季語だが、マスクはほかの季節にも使われ

るので、秋の句として鑑賞される。

ただし、

　　誕生日桜の柄のマスクして

となると、桜の花の咲くころに生まれたので、プレゼントに桜の柄のマスクをもらった、そのお礼に詠んだ春の句のつもりで、実は冬の句になってしまう。「桜」は季語だが「桜の柄」とすると、実際に今咲いているわけではないので、季語にならない。

俳句は庶民の文芸で、どんな句を詠んでも自由だが、俳聖と呼ばれる松尾芭蕉をはじめ、多くの俳人たちが築いてきた伝統がある。

その伝統に敬意を表して、まめに歳時記を読み、季語の知識を蓄えることも大切なのではなかろうか。

冬

たかし》⌘穂も葉も枯れ果てた芒のこと。「枯尾花」の尾花は穂の姿を獣の尾に見立てた呼び名。穂はやがて寒風に吹きちぎられる。

【枯草《かれくさ》】三冬「枯草」は一本の草を指し、「草枯《くさがれ》」は一面の草原のさまをさす。**草枯る・枯芝・草枯**《いささかな草も枯れけり石の間　召波》⌘冬が深まると、野山だけでなく、庭の草もみな枯れてゆく。

【石蕗の花《つわのはな》（つはのはな）】初冬　キク科多年草　花期＝十～十二月　**槖吾の花《つわのはな》・石蕗の花《つわぶきのはな》**《まっすぐにとどく海鳴り石蕗の花　小島花枝》⌘海辺の暖地に自生する。十月頃から冬にかけて、葉から五十～六十センチの花茎を伸ばし、キクに似た黄色い花を高く咲かす。葉に光沢があって蕗《ふき》の葉に似ていることから艶葉蕗《つやばぶき》と名付けられ、転訛してこの名になった。ツワブキの葉柄は、春から初夏にかけてフキと同じように食材とされる。そのため、冬の季語としては「石蕗の花」として詠むほうがよい。

【冬菫《ふゆすみれ》】晩冬　スミレ科多年草　冬に咲いているスミレのこと。《石垣のあひまに冬のす

みれかな　室生犀星》⌘スミレは春の野に咲く花の代表だが、日当たりのよい野辺などでは、冬でも時折、けなげに咲いているのを見かける。冬菫としては、山野に自生するノジスミレやタチツボスミレが多い。

【カトレア】 三冬 ラン科多年草　花期＝春咲き、秋咲き、冬咲きなど　《カトレアも見舞し人も美しく　蒲田芳女》⌘カトレアの名は、熱心な植物コレクターであったウィリアム・カトレイの名にちなんだもの。数多い洋蘭のなかでも最も艶麗・豪華な花で、「花の女王」の異名もある。近年は温室栽培が盛んで、切り花や鉢植えは一年中、出回っているが、花の少ない冬のものとして季語になった。

【クリスマスローズ】 仲冬 キンポウゲ科多年草　花期＝十二～四月　《クリスマスローズ茶房にひかりをり　こじまあつこ》《クリスマスローズの雪を払ひけり　長谷川櫂》⌘冬から早春に咲きはじめ、晩春まで花を楽しめる。冬枯れの庭を明るくしてくれる花の一つである。ちなみに、日本ではクリスマスローズとレンテンローズ

（春咲きクリスマスローズ）の二種類が栽培されていて、クリスマスローズはクリスマスの頃から咲き、レンテンローズは三〜四月に咲く。

【竜《りゅう》の玉《たま》（りゅうのたま）】 三冬 キジカクシ科常緑多年草　**竜の髯《ひげ》の実・蛇の髯の実**　《老いゆくは新しき日々竜の玉　深見けん二》 ⌘「蛇《じゃ》の髯（竜の髯）」の実。夏に淡紫色の花を咲かせた後、実を結ぶ。実は冬の訪れとともに熟して瑠璃色に色づく。冬も青く茂った葉の根元に、宝石のような実を見つけると誰でも嬉しくなるだろう。この実は落とすと弾むので「はづみ玉」とも呼ばれる。実際に子供たちが弾ませて遊んだという。

【冬《ふゆ》萌《もえ》】 晩冬 冬に草木の芽が萌え出していること。《冬萌や五尺の溝はもう跳べぬ　秋元不死男》 ⌘晩冬の陽だまりをよく見ると、枯草のなかに緑の芽を見つけることがある。思いもかけなかった新しい生命の発見に嬉しさがこみあげる。ハコベやホトケノザなどの冬草を見るのとは違った、新鮮な印象を受けるものである。冬萌を見つけると季節は確実に春に向かっていることを実感することができる。

新年

【楪《ゆずりは》（ゆづりは）】 上句 ユズリハ科　常緑高木　花期＝五〜六月　《楪に日和の山を重ねけり　大峯あきら》　⌘福島県以南の暖地の山地に自生する。樹高は約十メートル。庭木としても植えられる。新芽が出ると、古い葉が垂れ下がって、やがて落ちていくため、他の常緑樹よりも葉の交替が明瞭にわかり、代を譲っているように見えるのでこの名に。

【歯《し》朶《だ》】 上句 シダ植物門多年生草本　**羊歯《しだ》・裏白《うらじろ》**　《歯朶の葉の右左あるめでたさよ　高野素十》　⌘シダ類は種類が多いが、「裏白」が日本の代表的なシダ類である。葉の裏が白いのでこの名に。俳句に詠まれる際に、単に「歯朶」「羊歯」という場合はウラジロをさす。正月のしめ縄飾りに用いられる。

【福寿草《ふくじゅそう》（ふくじゆさう）】 上句 キンポウゲ科多年草　花期＝二〜四月　**元日草《がんじつそう》**　《日の障子太鼓の如し福寿草　松本たかし》　⌘旧暦の正月（一月二十一〜二月二十日の範囲内で〝新月になる日〟が元旦に。二千二十年だと新暦の一月二十五日）頃に、新年を祝うように春一番に咲くめでたい花であるところからこの名に。「福寿」は「幸福」と「長寿」を意味している。正月の床飾りにされる。

【若菜《わかな》】 上句 「正月七日（一月七日）」に食べる「七草粥」に入れる春の若草をさす。**粥《かゆ》草《ぐさ》・七草菜《ななくさな》・春の七草・根白草《ねじろぐさ》・薺《なずな》・初薺《はつなずな》・薺売《なずなうり》・御行《おぎょう》・御形《ごぎょう》・五形・仏《ほとけ》の座《ざ》・田平子《たびらこ》・菘《すずな》・菁《すずな》・蘿蔔《すずしろ》** 《籠の目に土のにほひや京若菜　大須賀乙字》 ⌘七草粥に入れる野菜は、根白草（芹）、薺、御行（母子草《ははこぐさ》）、繁縷《はこべら》、仏の座、菘（蕪）、蘿蔔（大根）の七草。

【子日草《ねのひぐさ》】 上句 平安時代に宮廷では、十二支の「子＝ねずみ」にあたる日、それも特に、正月初の「子の日」に野に出て、小さな松（小松）を引き抜いて遊ぶ習わしがあった この小松のことを「子の日の松」または「子日草」といった 《根付かせて見せばやけふの子日草　暁台》 ⌘松は長寿の象徴であり神聖な木として信仰され、松の中でも小松はことに祝儀にかなうとされていた。そこで小松を引き抜き、千代を祝って歌宴を張った。新春の優雅な野遊びである。

コラム　実作ワンポイント　もくじ

【わ〜を】

総さくいん

【ら〜ろ】

【や〜よ】

【ま〜も】

【は～ほ】

【な〜の】

【た〜と】

【さ〜そ】

総さくいん

総さくいん

【か〜こ】

総さくいん

すべての見出し季語と傍題を五十音順に並べた（ゐ→い、ゑ→え、を→お）。

【あ〜お】

〔監修者略歴〕

石田郷子（いしだ・きょうこ）

1958年、東京都生まれ。埼玉県飯能市在住。椋《むく》俳句会代表、俳句誌「星の木」同人。俳人協会、日本文藝家協会会員。2018年より東京俳壇（東京新聞）選者。句集に『秋の顔』『木の名前』『草の王』（ふらんす堂）、そのほかの著書に『名句即訳　蕪村』（ぴあ）、『名句即訳　芭蕉』（同）、『今日も俳句日和』（角川学芸出版）、『季語と出合う　俳句七十二候』（NHK出版）、編著に『新　俳句・季語事典（全５巻）』（国土社）、監修に『美しい「歳時記」の植物図鑑』（山川出版社）など

執筆　：『ハンドブック　花と植物の俳句歳時記』編集委員会
企画編集：蔭山敬吾（グレイスランド）
編集協力：冨山恭子
装丁・本文デザイン：下川雅敏（クリエイティブハウス・トマト）

ハンドブック　花《はな》と植物《しょくぶつ》の俳句歳時記《はいくさいじき》

2020年11月10日第１版第１刷印刷　2020年11月20日第１版第１刷発行

編　者『ハンドブック　花と植物の俳句歳時記』編集委員会
発行者　野澤武史
発行所　株式会社山川出版社
〒101-0047　東京都千代田区内神田１-13-13
電話　03(3293)8131（営業）　03(3293)1802（編集）
https//www.yamakawa.co.jp/
振替　00120-9-43993
印刷所　株式会社太平印刷社
製本所　株式会社ブロケード

 ISBN978-4-634-15169-7 C2092